空襲にみる作家の原点

森内俊雄と瀬戸内寂聴

Tominaga Masashi
富永正志

論 創 社

はじめに

　本書で取り上げるのは、作家の森内俊雄（一九三六年〜）と瀬戸内寂聴（一九二二年〜）である。一見、なんの関係もないように見える二人だが、接点がないわけではない。いずれも徳島ゆかりの作家であり、それにもまして重要なのは、二人の人生と文学が、ともに太平洋戦争末期の徳島大空襲の影響を強く受けたという点である。

　自らの内面を深く掘り下げ、繊細かつ鋭敏な感性で優れた小説を発表してきた森内は、八歳のときに生まれ育った大阪の家を空襲で焼かれ、両親の出身地である徳島に疎開するが、そこで再び空襲に遭うという悲運に見舞われた。燃え盛る火の中を母と四つ上の兄とともにかろうじて眉山に逃げ込み、九死に一生を得たが、その恐怖の体験はカトリックの信仰に導くほどの深い傷を心に残し、森内の人生と文学の原点となった。

　一方、人気作家の瀬戸内は、日本の敗戦から一年後、それまで暮らしていた北京から夫と幼い娘とともに着のみ着のまま徳島市に引き揚げた。そのとき初めて故郷が徳島大空襲で焼け野原となり、しかも母と祖父が防空壕で焼死していたことを知って呆然とその場に立ち尽くす。そして、それが北京で迎えた日本の敗戦とともに、元は軍国少女だった瀬戸内の、戦後の自立した生き方や作家活動・反戦活動の出発点となった。

二〇二〇年は、戦後七十五年の節目の年である。やがて戦争体験者がいなくなれば、戦争の悲惨な記憶は一気に風化してしまうだろう。石垣りんの詩「弔詞」の一節を借りれば、〈戦争の記憶が遠ざかるとき、／戦争がまた／私たちに近づく〉ということにもなりかねない。この機会に、徳島大空襲がいかに二人の作家の人生と文学に大きな影響を与えたかをまとめておくのも、決して無意味なことではないだろう。

空襲にみる作家の原点——森内俊雄と瀬戸内寂聴

目次

森内俊雄——原体験としての空襲

第1章　救いの山・眉山

眉山への特別な思い

森内俊雄は、一九七八年元日付徳島新聞掲載のエッセイ「動物園前の春」（『掌の地図』所収）にこう書いている。

昭和二十年七月徳島空襲の夜、大阪から疎開してきていた私と兄、母の三人はこの眉山に逃げ登って、命を永らえることが出来た。私にとって、眉山は救いの山である。私はカトリックであるが、かつてルターは旧約の詩篇を、小さな聖書、と呼んだ。その中に有名な〝われ山に向いて目をあぐ。わが救いはいずこより来たるや〃がある。私はこれを読むたびに、戦慄に似た感動とともに、眉山を思い出す。

徳島大空襲のとき八歳だった森内は、母と四つ上の兄とともに、米軍のB29爆撃機が投下する焼夷弾《しょういだん》をよけながら、徳島駅前から火の中を走って眉山に逃げ込み、かろうじて生き延びた。眉山は徳島市中心部にある標高三百メートル足らずの山だが、その眉山を〃救いの山〃と捉え、生涯にわたって特別な思いを抱き続けてきた。

その全容を描いた小説に芥川賞候補作「眉山」(『マラナ・タ終篇』所収)があるが、それ以外にも折に触れて徳島大空襲が登場する。その数、小説だけで二十編は下らない。〈眉山は救いの山である〉という森内の空襲体験を象徴する言葉も、小説やエッセイのあちこちに見ることができる。森内にとって徳島大空襲は、それほど重要な体験だったということである。

森内は大阪と徳島で二度、激しい空襲に遭っているが、エッセイ「時の盃」(『灰色の鳥』所収)には〈ことに徳島の空襲のときがひどかった〉として、こう書いている。

私はたくさんの焼死体を見ている。金網の上で煙を上げている焼魚のような死体があった。川に逃れて浮いている人たちのなかで、立ったまま水に揺れている死体があった。防火用水につかって桶の縁に顎をのせ、両手をたらして、遠目には気楽に風呂にはいってでもいるような死体もあった。もう三十年も昔のことだが、私には昨日のことのように生まなましい。どんな些細なことでも、逐一、私は思い出すことが出来る。

森内少年の目に映った空襲の惨状が、この世の地獄でなくて何であろう。森内は三十四歳のとき、東京の豊島教会でカトリックの洗礼を受けているが、〈この体験が深い傷を残し、後年、私を信仰に導くことになった〉（小説「四旬節」『朝までに』所収）という。さらに、俳句を掌編小説のタイトルに掲げ、人生の断面を鋭く切り取った『短篇歳時記』の一編、「渡り鳥仰ぎ仰いでよろめきぬ　松本たかし」では、空襲と自身の感受性との関係にも言及している。

戦場に行ったわけではないが、少年のころ二度も空襲にあって多くの死を眼にし、自分もついその間際まで近寄ったことが、彼の感受性の底流をつくってしまった。家を焼かれたうえに、別な事情もかさなって転校を繰り返したから、友人をつくることが出来なかった。これも彼にはマイナスの方向へいざなう力として働いた。人は他人とまじわってこそ初めて自己を発見し、おのれの心を形成しうるものであろうから。敗戦後にともなう育った家の貧窮と餓えの耐乏生活も、彼をきたえあげるように働かなかったのは、かなしむべきことだった。大抵の人々にとって、虚無とか空無などという言葉は単なる抽象の概念に過ぎないが、彼にしては実体であり、己れはこれを見据えていると信じた。わずか十二年を生きただけで、この世の一切は幻影哀歌を唱っているだけのことだと見きわめてしまった。断念の魂は、宇宙はるかを渡りゆく鳥の孤独な鳴き声をいつ、どこであっても聴いていた。

二度の空襲体験によって、森内は幼くして人生への諦念と深い孤独を知ってしまったのである。中でも徳島大空襲の体験は、森内のその後の人生と文学に多大な影響を及ぼす「原体験」とも言うべきものとなった。

ちなみに、ここで言う徳島大空襲とは一九四五年六月一日から七月二十四日にかけて徳島市がB29爆撃機による攻撃を七回受けたうち、規模が最大だった七月三日深夜から四日未明にかけてのものを指す。この空襲ではB29が百二十九機、徳島市上空に飛来し、民家などを焼き払うために焼夷弾を一千トン以上、約二時間にわたって投下し続けた。その結果、市街地の六割が焼け野原となり、死者約千人、重軽傷者約二千人、被災者は約七万人に上ったとされる。

焼夷弾が雨のように降る中、市民は森内少年らと同様に眉山に逃げ込んだり、吉野川方面に走って逃げたりしたが、多くの人が路上や防空壕、川の中などで亡くなった。徳島空襲を記録する会編『徳島大空襲』によると、遺体はトラックで徳島市助任《すけとう》本町北側の吉野川河川敷に集められ、徳島市の職員が井桁《いげた》に組んで荼毘《だび》に付した。火が空襲の標的になる恐れがある夜は、作業を中断したため、火葬するのに四、五日かかったという。

森内少年が体験した徳島大空襲がいかにすさまじいものであったか、おわかりいただけるだろう。

森内にとって徳島は、少年期に死と隣合わせになった悲惨な空襲の地であると同時に、やがて〈私の本当の郷里は徳島である〉（エッセイ「墓の顔」『灰色の鳥』所収）と深い愛着を込めて書くに至る極めて重要な土地となった。

大阪大空襲と故郷喪失

森内は一九三六年十二月十二日、大阪市東区（現・中央区）の商業の中心地、船場《せんば》で生まれた。織物卸商の父・森内久雄は徳島県板野郡藍住町勝瑞の出身、母・富子は徳島市の出身で、四つ上の兄がいた。森内は船場小学校に入学するが、同校が聾学校になったため、二年生のとき淀屋橋の愛日小学校に転校した。そのころ、〈戦局は押し詰まって、警戒警報、空襲警報で授業が中断、避難壕で待機することが多くなった〉（小説「あれこれあれ」『一日の光　あるいは小石の影』所収）という。

警報が出ると、家の近いものは帰宅避難になる。わたしは帰宅する組だった。このころ通学には編み上げ靴を履き、学校では運動靴に履き替えた。

帰宅避難のときは、ゲートルを巻き直し、編み上げ靴の長い紐を手早く結ぶ。ふだん、練習していて、慣れたはずのことが、いまひとつうまくいかない。

わたしは不器用であったから、間に合わないとみると、編み上げ靴二つの紐を互いにつなぎあわせて首にかけ、防空頭巾を被り、御堂筋を裸足で本町方向へ駆け出したものだった。

（「あれこれあれ」）

そして、一九四五年三月十三日夜から翌日未明にかけての大阪大空襲に遭遇する。「眉山」によると、そのとき森内少年は母と兄と三人で、家の前に掘った防空壕の中にいた。父は隣組の消防団に入っていたため、家にいなかった。学校の方が燃えている、と兄が言ったが、町内は静かだった。だが、Ｂ29による焼夷弾の投下は、町の周辺から森内少年の家がある中心部に移り始めていた。もはや父の帰りを待つ余裕もなく、三人は壕を出て西横堀川に向かった。

振りかえると、家の二階から火が噴きはじめている。油脂焼夷弾で、煮えたぎる油鍋をぶちまけたように、木煉瓦《もくれんが》の路が燃え出した。ところが人影は西横堀川にもない。母は火の照りかえしで赤くなった顔を振り向けて、避難する人たちが集まり走る方角を見付けようとしている。川筋の路《みち》を南にとった。だが、大勢の人たちはどこに消えたのだろうか。先のほうで燃えさかる家を背に黒子のように見える二、三人の人影が逃げまどっているだけで、私たちの走る路は無人だった。難波神社の裏手にまできて、火に路をふさがれ、御堂筋に出た。そこから北のほうに引きかえし、家の近くの本町まできた。逃げ遅れてしまっていることがはっきりしてきた。

（「眉山」）

「私」たちは本町の地下鉄入り口に人だかりができているのを見て、その方に足を向ける。夜が明けると駅員が入り口のシャッターを開けてくれ、大勢の避難者とともに地下鉄構内に座り込んだ。

しばらくして、兄とともに地上に出てみると、本町交差点の伊藤萬ビルが焼け残っているだけで、あたりは見渡す限りの焼け野原になっていた。白い煙が立ち込め、焼け焦げた匂いがした。家の方まで歩いてみた。すると、家の前の防空壕はそのままで、中に男か女かわからないうつ伏せの死体があった。

罹災者でごった返す駅構内に戻ると、程なく父が姿を現した。

父はもともと寡黙なたちだったが、一層無口になっていて、立ちつくしたまま激しい人の流れを見ていた。それでいながら絶えず手をのばしては、母や私や兄の腕をつかんで身近に引き戻し続けている。家を焼かれて、父に残されたのは私たち家族だけだった。

（「同」）

普段は無口な父が、途方に暮れながらも、なんとかして残された家族を守ろうとする姿には、胸が熱くなる。

家を焼かれるということは、単に住み家を失うということだけではない。その懐かしいたたずまいや、そこで過ごした日々の記憶まで失うことである。その悲しみ、深い喪失感を、森内はあちこちに書きとめている。たとえば、小説「火の道」(『幼き者は驢馬に乗って』所収)では、森内の生家にあった格子窓や、木煉瓦が敷き詰められた家の前の道路について、主人公の「私」とそっくりの「G」が言う。

きみの家に普通の格子窓とは違った、あれはなんて言うのだろう、あの格子窓を思い出すたびに、ぼくは懐かしくて泣きたくなるよ。そのきみの家とぼくの家を結ぶ道は木の煉瓦で舗装されていたね。ね、聞いているの? ある暗い寒い呪わしい夜だ。その道が焔をあげて燃えたんだ。その道を大人も子供も赤ん坊も、燃えながら逃げたんだ。空襲だ。きみは地下鉄の中に逃げこんだ。そうだろう? ぼくもだ。地下鉄というのは街の下を流れる三途の川だ。あの世というものが足許にあるとは露知らなかったなあ、そのときまで。

火と煙に追われて地下鉄に逃げこんだそのときに、幼年期もそしてそれに続くはずの少年期も閉ざされてしまった。

空襲によって閉ざされた幼少年期――。「G」の言葉は、もちろん森内の感慨に他ならない。エッセイ「予感の四月」（『みちしるべ』所収）には、〈焼けて消え失せてしまったが、私はふたつものうつくしい町を記憶にきざんでいる〉と書いている。〈ふたつものうつくしい町〉とは、言うまでもなく大阪と徳島である。

ひとつは大阪の御堂筋、西本願寺そば船場唐物町《からものまち》である。木煉瓦を敷きつめて舗装された路の町だった。格子窓の奥行きの深い家並みがあった。私はここで生まれ、育った。幼年期にあった自分にとって、この町船場が、全世界であった。

ここでも家の前の木煉瓦を敷き詰めた道や、格子窓の思い出が深い愛惜を込めて語られている。さらに、早稲田大学時代を回想した自伝的連作小説『道の向こうの道』には、こうある。

一九七〇年万国博覧会以後、南と北はおいて、大阪の中心地の風情は大きく変わった。もはや、往年の風景はない。内本町界隈も消失、変貌した。父は松屋町筋を渡ったところへビルをつくったが、これも消えた。大空襲で、見渡す限り焼け野原になって、わたしは幼年期の世界を無くした。くわえて、万博後、またもや大阪を失った。今や、何もない。

空襲で家を焼かれ、さらに大阪万博による開発ですっかり昔の面影をなくしてしまった町。誰がそれを故郷と呼べるだろうか。高校三年生から東京での大学浪人時代までを回想した小説「橋上の駅」（『梨の花咲く町で』所収）でも、故郷を失った無念さが吐露されている。

大阪へ帰ったが、訪ねる友人は一人もいなかった。ともに卒業した高校時代の友人は就職をするか、大学生となっていた。わたしには大阪が、もはや郷里ではなくなっていた。

森内は二十五歳のとき、徳島市生まれの夫人と同市で結婚し、以後、盆や正月に妻の郷里を訪れては徳島への愛着を深めるようになるが、生まれ故郷の喪失、著しい変貌もまた、森内に〈私の本当の郷里は徳島である〉と言わしめるようになった一因なのだろう。

ところで、大阪の空襲には森内にとって忘れられない思い出がある。駅の構内で腹を空かし、あてどなく座っていたときのことだ。取材に訪れた大阪城そばのＢＫ放送局（現・ＮＨＫ大阪放送局）の男女一組の局員が、竹の皮に包んだおむすびを差し出してくれたのである。この心温まるエピソードは小説「食べる」（『午後の坂道』所収）や「あれこれあれ」に登場する。

「食べる」は〈いつのころからか、食べる、ということについては何かしら深い哀しみがまつわりついていると思うようになった〉という印象的な文章で始まる短編小説である。森内の世代の人たちは誰しも戦中・戦後に餓えた経験があるが、〈その人たちすべてが食べることに哀切の心を抱いているとは考えられない〉として、次のように書く。

白米のご飯が貴重であった時代の非常時の朝、お結びの米の一粒ずつが立って光って見えた。それは食するものでありながら、神聖に輝いて空腹をみたす以上のものだった。それは聖体のパンにひとしく、聖変化して、今にいたるまで命を与え続けている。名も告げずに去って行ったあの二人に再会出来たとしたら、持てる一切を贈っても悔いることがない。食物に謙虚になると同時に、恐らく哀しみがまつわってきたのは、九歳のその朝からのことではないだろうか。

食糧難の時代である。差し出されたおむすびはＢＫ放送局職員のその日の貴重な食べものであったに違いない。にもかかわらず、自分は食べるのを我慢して、見ず知らずの子供に分け与えた。だからこそ、そのおむすびには〈哀しみ〉がつきまとい、〈神聖に輝いて空腹をみたす以上のものだった〉のだ。

桃源郷のような町・徳島

大阪の空襲で家を焼かれた森内の一家四人が、汽車と船を乗り継いで両親の故郷、徳島に疎開したのは、空襲から二日後のことであった。

私たちは大阪から岡山にまわり、宇野から高松を経て、徳島に帰った。三月も十六日、大阪から海一つへだてた父母の郷里徳島は、一家の憔悴を迎えて明るい春だった。城山には椿が咲き、町並みに柔らかく迫る眉山には、桜がほころびようとしていた。

（「眉山」）

このとき森内少年の目に映った徳島市は、無惨に焼け焦げた大阪の町とは似ても似つかぬ、桃源郷のような町だった。

まるで踵《きびす》を返すと、そこに輝く町があった、という感じだった。三月の半ばであったから、城山のツバキの花は蜜をためて、紅に潤っていた。川の水は澄み、眉山を仰ぐと紺青の空のもと、淡い紫の霞がかかっていた。まさに翠黛《すいたい》、緑のまゆずみである。朝夕には、潮の匂いが満ちてくるのが分かる。私にとっては、絵本か童話の町だった。

（「予感の四月」）

これが、空襲に遭う前の大阪とともに森内が記憶に刻んでいるという〈ふたつものうつくしい町〉のもう一つである。

森内が目にした空襲前の徳島は、戦後に急ごしらえで復興したものとは違って、城下町らしい雰囲気をそこかしこに漂わせた情緒豊かな町だったのだろう。

だが、森内少年の目に映ったこの光り輝く町も、四カ月後の徳島大空襲で跡形もなく焼き尽くされることになる。幼いころの森内にとって〈全世界であった〉大阪の町が、空襲ですっかり失われてしまったように。


徳島に疎開した森内は、徳島駅前の母の姉、つまり伯母の家に身を寄せた。その家には伯母のほか、専売公社の煙草工場に勤める伯父と森内兄弟より少し年上の子供が二人いた。森内は伯母の家からすぐの所にあった内町小学校の三年生に編入するが、空襲警報で授業が中断された大阪とは違って勉強の進み具合が早く、まごついた。いじめられることこそなかったが、近所の悪童たちから「焼け出され」と言ってからかわれることもあり、〈都会から転校してきた私に、田舎の子供は冷たく、学校はなじめなかった〉(「眉山」)という。

友人を作ることはできなかったが、従兄たちとはよく遊んだ。「食べる」には、その従兄たちと城山でツバキの蜜を吸った思い出がつづられている。

わたしが甘味をつくづく味わったのは、甘いものに餓えた子供のころ徳島の城山に従兄たちと登って、頂上の椿の花の蜜を吸ったときだった。むしり取った花びらが大地に散り敷いているのを見まわしながら驚嘆していた。落花狼藉という言葉を知ったのはずっと後のことで、その本来の意味から離れたことをしたに過ぎないが、この言葉を先取りした気分でいた。花を凌辱《りょうじょく》して、その味を知ったと言える。その後、この天国的に甘美な味わいとは二度とめぐりあわない。何ものかが幼い舌と眼に一度だけ、戦慄の甘露を恵んでおいて、どこかへ行ってしまった。

だが、そうした桃源郷のような日々も長くは続かなかった。

徳島大空襲前日の七月二日、森内一家は徳島駅前の伯母の家から三、四キロ離れた蔵本の叔母の家への引っ越しを試みている。その日は、大阪の軍需工場に勤めていた父も仕事を休んで手伝いに帰ってきた。

荷物を大八車に積んで父が引き、兄の達明が横についた。母があとを押した。私は荷物の上に乗せてもらっていた。私は足の爪先の怪我から鼠蹊部《そけいぶ》をはらし、切開手術をしたばかりで歩けなかった。蔵本は徳島から汽車でふた駅もの距離にある。小柄で力仕事に慣れない父は、荷物の重さに浮きそうだった。かがめた背中の汗が、私にはつらかった。父はそれでも大八を引きとおし、蔵本に着いた。だが、その夜荷物を降ろさず叔母の家に一泊しただけで、翌朝、また大八を引いて宮住の伯母の家に帰ってきている。事情は子供の私にも察することは出来た。そのときの父の背中があとに残って、いまだに私は人の背中が嫌いだ。おだやかな気持で見れない。背中というものは、さびしく恐ろしいものだ。大阪の家の防空壕でうつ伏せに死んでいた人の、焼け焦げた背中の記憶が重なってもいる。

（「眉山」）

なぜ母は伯母の家から引っ越す気になったのか。文学界新人賞受賞作「幼き者は驢馬に乗って」（『幼き者は驢馬に乗って』所収）には、その理由が具体的に書かれている。

苦労性の母なので伯母の家が駅の近くだから空襲のとき攻撃の目標になりやすいと思ったこと。その当時、近所の洗濯干場から靴下や下着がひんぴんと無くなり、それについては〝焼け出され〟の私たち一家が噂の種になっていたこと。それもこれも引きくるめて居候の苦労があった。伯母の家での食事のことを覚えている。従兄弟たちも私たち兄弟も食べざかりであったのに、食事は豊かでなく分配の仕方がいつもいさかいのもとになった。伯母が一計を案じた。ご飯を盛るのに、かつての家業で、菓子を量るのに使った秤を持ち出し、子供たちのみている前ではかってみせるのだった。もともと不足のものに公平であるということは皮肉で残酷なことであった。

徳島大空襲

そして、徳島駅前の伯母の家に戻った日の夜から翌日の未明にかけて、一家は徳島大空襲に見舞われた。「眉山」には、その様子が詳しく描かれている。母と兄と「私」は、降りしきる焼夷弾をよけながら、火の中を伯母の家から内町小学校、新町橋、さらに正面の眉山へと逃げる。その描写には緊迫感があり、息苦しくなるほどだ。

昭和二十年七月三日は暑く寝苦しい夜だったが、空には星が涼しかった。その空から、宮住家の裏庭に重く粘い油脂の雨が降ってきた。雨の先触れに、長く凍りついて動かない照明弾の稲光があった。しかし、雷鳴は聞こえなかった。雨は壕のまわりと屋根の上で、舌のような焰を上げて燃えはじめた。裏庭から路地を走り出たときには、すでに徳島駅が火に包まれていた。母は私と兄を連れて、近くの内町小学校に逃げこんだ。校庭で立っていると、燃えている空が校舎の屋根に降りてきた。その夜も大阪の空襲の日と同じように、父がいなかった。蔵本への引越しに大阪から帰ってきていた父は、勝瑞村の生家に一人で泊まりに行っていた。宮住の伯父夫婦は、火が消しとめられるつもりで家に残って、私たちと一緒ではなかった。私は足が痛くて、もう走れない、と母に言った。手術をしたばかりの股の付け根から血が出て脚を濡らしている。兄が校庭で、狂ったような眼であたりを見まわしている。学校の裏門のそばに枇杷の樹が植っていて、私たちは葉蔭に隠れた。それは気休めに過ぎない。私の耳に人気《ひとけ》のないはずの教室から、オルガンの音が聞こえてくる。燃えさかる火は、誰かが鍵盤をいちどきに押さえこんでいるような音だった。風圧と火熱で教室の窓ガラスが割れはじめた。

こんなとき、人はとっさに水のある方に足を向ける。徳島市は川の多い町である。「私」たちも例外ではなかった。「川へ行ってみよう」という母の声に従い、新町橋へと向かう。

徳島の町の路幅は狭く、燃える家の間を走り抜けるときは顔の皮膚が剝け上がるように痛んだ。新町橋のところまでくると、混雑にはぐれた五つくらいの男の子がひとりで居た。子供は泣きも叫びもせずに歩いている。走り寄ってきた男が子供の手を引いて、川岸のほうに連れていこうとした。だが、男はあわてて手をはなした。子供の手の皮が、手袋のように男の手に残った。川筋の上空で炸裂した火は、無数の火の箭《や》となって降ってくる。地に刺さり埋まると、そこから焰が噴き出た。

（「同」）

川岸には大勢の人が押し寄せていたが、そこも安全ではなかった。〈多くの人が水辺に集まって、死者となった。大火で酸欠になって、溺死する人が多かった〉（「あれこれあれ」）のである。「私」たちは新町橋を渡り、正面の眉山へ真っすぐに向かう。だが、登り口の家並みが燃えていたため、山裾を左手の二軒屋方面、八幡《はちまん》神社の方角に逃げた。そして、新町小学校に駆け込もうとしたとき、「私」は思わぬアクシデントに見舞われる。校門に鉄の鎖が張ってあり、先に走り込もうとした兄が足を取られて転んだのである。

倒れた拍子に軀が上向きになった。続いて走りこんだ私の藁草履を穿《は》いた足が、兄の胸を踏んだ。兄は踏まれながら、食いいるように私を見上げている。打たれている家畜に似た眼だった。

（「眉山」）

これと同じ場面が、「幼き者は驢馬に乗って」にも描かれている。

私は草履をはいていたが、その足の裏の感じと、兄のそのときの眼の色は実に鮮かに生々しく灼きついた。後年、兄は街の不良仲間に入り、ぐれてしまって父を悩ませたが、父に叩かれている兄が時々見せる、遠い眼つきにその夜の眼の色があると思ったことがある。以来、私は自分を弾劾し続けて来た。私は自分が卑劣な人間であると思い、自分が卑劣であるから他人の卑劣さを赦《ゆる》した。そして他人を赦すことで自分を赦そうとした。どうやらそれは間違っていたようだ。私は赦されはしたが、たとえて言うならば歩行の平衡感覚を失ってしまった。

転んで仰向けになった兄の胸を踏んだのは、決して意図的なものではなかった。大抵の人はそう考え、時間が経てば、そんな事実があったことすら忘れてしまうだろう。だが、森内は違う。兄の胸を踏んだのは単なる偶然ではなく、〈躓《つまず》き倒れた兄の軀を無残に踏み越え、逃げている〉(「眉山」)と捉える。つまり、自分が助かりたいばかりに兄の胸を踏み越えて逃げたのだと考え、それが「私」を責め続けたと言うのである。

森内にとって、これはおそらく生まれて初めて罪の意識に直面した出来事だったのだろう。エッセイ「ノートのノート」(『一日の光　あるいは小石の影』所収)には、〈わたしは、罪の意識にせめさいなまれていながら、ついぞ詫びる機会を得なかったし、兄もまたわたしを追及することがなかった〉と書いている。そして、その罪の意識が空襲による死への恐怖と相まって、カトリックの洗礼へとつながっていったに違いない。

このアクシデントのあと、新町小学校を出た「私」たちは見さかいなく走り続け、八幡神社の裏から眉山に登って九死に一生を得る。だが、その前にまだ一つ障害を越えなければならなかった。八幡神社に入る狭い道に警防団員が三人、立ちはだかり、手にした鳶口《とびぐち》で押し返してきたのである。

どうして火を消そうともしないで逃げるのか、非国民、と言った。火はすぐうしろに迫っていた。逃げなければ死ぬ。そのとき、うしろから担架が運ばれてきた。載せられている男の肩口が黒く濡れてつぶれ、腕がねじれている。片方の足の靴が脱げて、はだしだった。眼は開いていたが、眼球は半転していて髪の毛も濡れたように額にへばりつき、耳の穴から太いひとすじの血が流れている。警防団の男たちが、死んでいく男を載せた担架を通すために、止むを得ず路をひらいた。私たちは担架のあとにつくようにしてその場から逃れ、八幡神社の境内にはいった。

（「眉山」）

だが、そこも安全ではなかった。境内に焼夷弾が落ちてきたのだ。

振りかえると、ねんねこに赤ん坊を背負ったひとが、火達磨になって地面を転げまわっている。境内に避難してきた人たちは大勢いたが、誰も手が出せないでいるうちに火に追い上げられて、山に登った。眉山の中腹に切りひらかれた平坦な畑地があって、私たちは崖を背に、樹の根蔭に隠れた。樹立ちの間から火の海が見えた。

（「同」）

焼夷弾は眉山にも落ちてきた。だが、夏の木々の緑が濃かったおかげで、火が燃え広がることはなかった。
こうして「私」たちはどうにか命を永らえることができたのだが、自分たちの命を救ってくれた担架の上の瀕死の男が、森内の胸によほど深く刻まれたのだろう。「眉山」にこう書いている。

屑のように捨てられる命があって、救い上げられる生もある。燃える夜の路地で、半転した白い眼を見ひらいている男の顔を、私はいつでも思い出すことが出来る。山に逃げる路をふさがれていたときに、担架の上で苦しみながら無意味に死んでいった男によって行手をひらかれ、私はこうして生きている。

エッセイ「受洗の前後」(『一日の光　あるいは小石の影』所収)によると、ミッションスクール時代にドストエフスキーの『カラマーゾフの兄弟』を読み、キリスト教に強い関心を持ちながら、実際に受洗したのが中年になってからだったのも、ある日、担架の上の男のことを思い出したからだと言う。その〈無辜《むこ》の人の死〉と〈イエスの十字架上の死と甦《よみがえ》り〉が重なり、〈これが回心のきっかけになった〉のである。
この担架の上の男とともに、「眉山」にはもう一人、「私」にとって忘れることのできない人が登場する。それは、「私」たちがやっとの思いで眉山に逃げ込んだとき、畑地の中央に切り残された一本の木の根元で布団をかぶってうずくまっていた女性である。

そこは樹の枝の蔭になっているとはいえ、私たちがひそんでいるところほど安全ではなかった。それにひとりきりでいるのが心細く見えた。家族とはぐれたのだろうか。それならなおさらのことに、こちらにくればいいのに、と思いながら見ていた。母が一、二度声をかけたがそのひとは身動きひとつしない。死んでいるのか生きているのかも分からない。確かめ、呼びに出ていってあげればいいと考えていながら、その勇気が、母や兄、私にもなかった。

だが、明け方近くになってそのひとが不意に立ち上った。こちらに真直ぐに向けた顔色の白さが、頭巾の蔭で際立っていて、おそろしいくらいだった。若くて、学校の先生のような感じがした。顔かたちをしっかり見さだめるほどのゆとりはなかったが、そのひとのほうでは私たちにずっとまえから気が付いていたのに違いない。そばに寄ってきて、何を思ったのか、それまでかぶっていた蒲団を肩からはずして、私たちに差し出した。これはもう要りませんから、と言い捨てて背を向けると、まだ燃えさかっている山の下の町へ降りてゆく。唐突で何を問いかえすいともなかった。膝に置かれた蒲団に私たちは、黙って顔を見合わせていた。

空襲の夜が明け、火が収まってから「私」たちは眉山ふもとの天神社脇に下りた。そして、もらった布団を母が何気なく裏返すと、そこには大きく血がにじんでいた。夏の上掛け布団で、水色の花模様がついている。「女のひと」がそれを差し出したあと、山を下りてどこへ行ったのか、「私」たちには知るすべもなかった。

天神社近くの寺には、死体が次々に運び込まれてきた。さらに母の実家に向かう道でもたくさんの遺体を見たが、その中に「女のひと」は見当たらなかった。

翌年の一月、「私」たちは大阪に引き揚げるが、そのとき「女のひと」がくれた布団を忘れずに持ち帰っている。そして、〈その蒲団は大阪の冬の貧しく寒い夜に、私たち兄弟を暖かく包んでくれるものとなった〉（「眉山」）と森内は書いている。

この「女のひと」もまた、担架の上の男と同様に、「私」たちを生かしてくれた存在として森内は描いているのである。

文学、聖書との出会い

徳島大空襲で焼け出された森内と兄、母の三人は、徳島市吉野本町の母の実家に移り住む。「あれこれあれ」によると、その家は田んぼの中にあり、〈最初からここへ疎開していれば、死ぬ思いをしなくて済んだはずだが、そこらあたりの事情は知る由もなかった〉。父は、焼け残った大阪市東成区深江の軍需工場に、寮生活をしながら勤めていた。

学校は助任小学校に転校した。しかし、同校の校庭にも徳島大空襲に先立つ六月に一トン爆弾が落ち、校舎が半壊していたので、森内は分教場に通った。実家の裏にある神社の拝殿が教室になっていた。生徒は十人ほどで、担任は代用教員が務めていた。

教科書は焼けてしまっていたため、森内は担任から「何でもいいから話してくれないか」と促され、兄の国語の教科書で読んでいた芥川龍之介の「蜘蛛の糸」を生徒の前で暗誦したという。「蜘蛛の糸」は、森内が出会った最初の文学作品だった。グリム童話集も熟読していたので、それも朗読するなど、森内は語り部の役割を担っていた。のちに作家となるための資質が、このときすでに育まれていたと言えるかもしれない。

八月十五日の終戦の詔勅《しょうちょく》は、田んぼの中でイナゴを捕りながら聞いた。イナゴは当時、大事なタンパク源だった。農家の窓から聞こえてきた玉音放送は、〈私にとってはもうグラマンの機銃掃射を恐れずに、蝗《いなご》と田螺《たにし》を自在にとってよろしいという、おごそかでそれでいて晴々と滑稽な保証だった〉（書評「奥野健男『戦後文学の青春』」『灰色の鳥』所収）。

長い戦争の時代から自由になった開放感が伝わってくる一節だが、一方、エッセイ「八月十五日」（『みちしるべ』所収）にはこう書いている。

イナゴ捕りの私の頭上に、底抜けの青空があり、開け放たれた近所の農家の窓から、あのものかなしい、とつとつとした独特の抑揚のラジオの声は、そよとも風の動かぬ真昼の日ざしのうちに、時代の大きな曲折の事実を告げながら、子供心にも白昼夢のような感じで、つたわってくるのだった。日本は負けた、国破れ、屈辱をになうことになったのだ、と。
あとになっての、いわば追体験として、その日の吹き抜けに明るく澄んだ青空は、敗北、挫折には一種の高貴な感覚、爽快感がある、と教えてくれたように思える。私は敗者の美学を、幼くして覚えた。

森内が母や兄とともに大阪に引き揚げたのは、翌年の一月、九歳のときだった。父が勤める会社の社宅で暮らし始めた。その会社は、戦時中は魚雷の部品を作っていたが、戦後はフライパンや鍋、包丁、算盤玉などの生産を始めていた。社宅に引っ越したときは〈実にうれしかった〉(「あれこれあれ」)が、物のない戦後の暮らしはしばらく続いていく。

夜は停電が続いた。茶褐色の鯨油を灯して、火鉢では父が会社から貰って来た、算盤玉を打ち抜いた後の板切れを燃やし、暖を取って居た。木質は柔らかく、油煙が立ち昇ったから松材では無かったかと思うが、これで算盤玉が造れる筈は無さそうだから、何の木であったか分からない。凍て付いた表では、人間よりまだ餓えた野犬が遠吠えをして居た。小さな家だったが、大阪と疎開先の徳島と合わせて二度の戦災を受けて家財道具が無かったから、四つ違いの兄との四人家族には広々として居た。ラジオも新聞も無かった。此の年、路傍の野草を摘んで食べた。

（小説「狐憑き」『桜桃』所収）

そして、森内はまたも深江小学校への転校を余儀なくされた。転校に次ぐ転校で、この年、読書癖が始まった、と年譜（勝呂奏・桜美林大学教授作成）にある。停電続きの夜には、兄が貸本屋で借りてきた江戸川乱歩『パノラマ島奇談』などの本を鯨油の灯火で読んでいた。

聖書に初めて出会ったのは小学五年生のときである。兄が大阪の闇市で外国人宣教師から買ってきた文語訳新約聖書だった。活字に飢えていたため、〈意味が分かろうが分かるまいが、一字一句、総ルビを幸いとして読んだ〉（『福音書を読む――イエスの生涯』）。そして、〈この一冊が、そののちのわたしを決定した〉（「あれこれあれ」）という。

その後の歩みを小説やエッセイ、勝呂教授作成の年譜などをもとに見ておこう。

森内は深江小学校を卒業すると、兄の通うカトリックのミッションスクール、私立明星学園中学校に入学した。ミッションスクールといっても、両親に宗教教育の目的があったわけではなく、戦前からの商業学校としての伝統を重んじたためだった。そして、一年生のとき、森内は有島武郎『カインの末裔』に感動し、萩原朔太郎や中原中也の詩集も読み、三年生ごろから文章や詩を書き始めた。

明星学園高校入学後は、デカルト、アランなどの哲学書を読むようになり、一年生のとき、校内誌「明星」に随筆「文学趣味について」を書いた。さらに、ジュリアン・グリーン、モーリヤックなどのフランス・カトリック文学に親しむ一方、ドストエフスキーを読むようになり、それが大学でロシア文学を専攻する契機となった。

高校三年生、十七歳のときには詩集『街・月光変奏曲』を自費出版している。詩作は三十代初めごろまで断続的に行われた。小説「橋上の駅」には、中原中也についてこう書いている。

中原中也は、わが愛読の詩人だった。夭逝していたから、悲哀と倦怠で、たしなめ、さとすいまひとりの心配性の叔父か兄貴に思えて、まことに親しい存在だった。新潮社版大岡昇平編の一冊をどこへでも持ってまわっていた。

大学受験には一度失敗し、東京・吉祥寺に下宿して浪人生活を送ったが、予備校には通わず、ノイローゼ状態にあったという。このころ、「文章倶楽部」(現・「現代詩手帖」)に投稿した詩「十八才の歌」が谷川俊太郎、鮎川信夫選の特選になったり、石原吉郎らの「ロシナンテ」に入会したりして、盛んに詩を書いている。

そして一九五六年、晴れて早稲田大学文学部露西亜文学科に入学した。同級生には、後に作家となる李恢成《りかいせい》や宮原昭夫がいた。大学では一九世紀ロシア文学を学んだほか、英詩鑑賞をきっかけにイェーツを読んだ。読書は、ニーチェ、キルケゴール、ハイデッガー、ヤスパース、バルトなどの哲学書にも及んだ。黒崎幸吉『新約聖書略註』も、むさぼり読んだ。音楽喫茶でシューベルトの歌曲「冬の旅」など、クラシック音楽に親しんだのもこのころだ。詩作は相変わらず旺盛で、翌年には寺山修司らの「早稲田詩人」に入ったほか、詩誌「オゾン」を自ら創刊している。下宿は豊島区目白二丁目に変わり、日本基督教団目白教会に通った。

学生時代の森内の様子をうかがわせるこんな一節がある。

私は授業をさぼりはじめた。が、学校には毎日休まず、本を読みに出掛けていた。図書館にははいらず、空き教室のベンチに寝そべってキルケゴールの『不安の概念』を読んだものだった。（中略）『不安の概念』を読んでは、今川焼を食べ、教室で学生仲間の濡れ場を見ては胸が灼け、焼酎を飲みくらっていた私の青春も貧しく笑止だが、そんなところでしか、触れあいのよろこびを求める場所を持たなかった彼等もまた、貧しく哀れでいとおしい。しかし、私は「太陽の季節」の津川龍哉より、教室の片隅に人目を忍んでいた青春が好きだった。砂川基地に出掛けて、スクラムを組んだ腕にたまたま触れ得た隣の女子学生の、固い乳房に胸を熱くしている不器用な青春のほうが好きだった。（書評「奥野健男『戦後文学の青春』」）

そうした学生時代の様子は、『道の向こうの道』に詳しい。同級生の李恢成との深い交流をはじめ、ドストエフスキーや西田幾多郎などを貪欲に読み、詩を書き、生の不安をかき消そうとして酒を飲んだり、一人北海道や宮崎に旅をしたりする若き日の森内の姿が滋味あふれる文章でつづられている。

小説家デビュー

早稲田大学を卒業したのは一九六〇年。卒論はドストエフスキーの『白痴』論で、米川正夫教授の評価を得た。同年八月には主婦と生活社に入り、編集記者の仕事に明け暮れる。

私は文学とはまったく無縁な生活をしていた。私と同世代の大江健三郎、倉橋由美子、坂上弘氏の文壇登場も、遠い世界の出来事だった。私はもうがっかりして、安酒ばかり飲んでいた。私が小説を書きはじめたのは、大学を出て十年もたってからだ。

（書評「奥野健男『戦後文学の青春』」）

そして主婦と生活社に入った二年後、二十五歳のときに、徳島市生まれで六つ年下の井澤通子と結婚する。徳島市で挙式をし、目白で生活を始めた。

その翌年、主婦と生活社から冬樹社に移り、二十七歳のときに長男が生まれた（三十三歳のときに次男、三十七歳のときに長女が生まれている）。そして二十九歳のときには、それまで中断していた詩作を再開し、二年後、「現代詩手帖」に投稿するようになった。

さらにその翌年の一九六九年、森内は処女作「幼き者は驢馬に乗って」で文学界新人賞を受賞し、小説家としてデビューした。詩から小説へのこの突然の転向は、『大菩薩峠』の著者、中里介山の甥に当たる中里迪弥《みちや》の猟銃自殺がきっかけだった。当時、中里は三十二歳。新進のロシア文学者として活躍し始めたばかりだった。

エッセイ「中里迪弥のこと」(『灰色の鳥』所収)によると、中里は大学の同級生で、ストラビンスキーを愛し、フルートやピアノを習い、プーシキンを語る優しい書斎人だった。森内は大学二年生のとき、中里に誘われ、都内にある中里介山の記念館を見せてもらったあと、そば屋で一緒にそばを食べ、御岳山に登り、山を下りるケーブルの中でニーチェの話をしている。

その中里が、自殺する三日前に、相談があると言って森内を訪ねてきた。二人は喫茶店で会った。そのとき中里は、同級生の李恢成が群像新人賞を受賞したことや、今は翻訳をしているが本当は小説を書きたいこと、さらに自分の家の心配事などを長時間にわたって話した。当時は森内にも思い乱れることがあったため、中里の落ち込みようがわかったが、わざとはぐらかすように〈私にも何事も成就せずガラスを爪で掻く焦燥の思いがある。それが我々のごく当たりまえの精神の在りようではないか、と言い捨てた〉。その日、中里は新日本文学会に出席する予定があったため、席を立った。

別れ際に私を振り向いて言った。「今日はつまらない話を聞かせて悪かった」私は一瞬息を飲んだ。そんな物の言い方をする男ではないと思っていた。たおやかではあったが誇り高い男でもあった。それが中里との最後の別れの言葉になった。だが、私はそれからひと月ばかりして私の「つまらぬ話」を書く決心をすることになる。そしてその小説で文学界新人賞をもらうことになった。「つまらぬ話を」と彼は言った。しかし、考えてみるとそのつまらなさに実は、私たちは切実に思いをこめて生きているのではないか。文学のふるさともそこだ。私は私自身の「つまらぬ話」を今後も中里に詫びて書かねばならない義務がある。

森内はエッセイ「日常の聖変化」（『みちしるべ』所収）でもこの日のことを取り上げ、中里の自殺と小説を書くに至ったこととの因果関係を、より明確につづっている。

彼が死んだ日の三日前、最後に彼が訪ねて行った同級生が、私だった。はたしてその時点で自殺を決意していたかどうか、私にはいまだに分からない。ただ、その日に彼が別れ際につぶやいた言葉が私を強くうながして、小説を書く道に進ませた。（中略）今年もお盆になって彼を思い出し、胸の痛みにたえない。

中里の自殺をきっかけに書かれたデビュー作「幼き者は驢馬に乗って」は、主人公の「私」に捨てられて自殺した、幼い男の子もいたらしい女に対する罪の意識を、孤独と不安が交錯する夢幻的な世界の中で描いた作品である。そこには、相談に訪れた中里に、はぐらかすように対応し、死なせてしまったことへの罪の意識が投影されていると解釈することも可能だろう。

森内には、中里の死がよほどこたえたようだ。学生時代を回想した初期の小説「春の疾走」（『骨川に行く』所収）でも、「七里」と名前を変えて中里の自殺に触れている。

森内の「幼き者は驢馬に乗って」は、文学界新人賞を受賞したあと芥川賞候補になり、選考委員の川端康成から激賞された。

私の最も親敬を感じたのは、森内俊雄氏の「幼き者は驢馬に乗って」であった。これは私のたいへん個人的な好みで、つまり、私の書きそうな手法で、私はこれに及ばぬと思ったからである。私が意識し、努力するところを、この人はもっと自然に行っている。若さのやわらかさでもあろう。（中略）私は森内氏の才質に期待する。

（「文藝春秋」一九七〇年三月特別号）

受賞には至らなかったものの、川端の高い評価がデビューしたばかりの森内の大きな励みになったことは想像に難くない。

作家の佐伯一麦も著書『芥川賞を取らなかった名作たち』の中で、北條民雄「いのちの初夜」や山川方夫「海岸公園」などとともに「幼き者は驢馬に乗って」を〝受賞作に負けない名作〟として取り上げ、〈森内俊雄はもとは詩人として活躍した人で、この作品で詩から小説に移行しました。ですから詩的文章が見事なんです〉と評価している。

このデビュー作の中で、森内は徳島大空襲の体験を六ページにもわたって描いている。処女作にはその作家のすべてがある、と言われるが、森内にとってこの空襲は避けては通れない重要な体験だったということである。

そして、その後も森内は「眉山」をはじめとする小説やエッセイで、徳島大空襲の体験や〝救いの山〟眉山への愛着を、晩年に至るまで折に触れて書き続けていくのである。

第2章　空襲が残した傷

小説「眉山」

小説「眉山」で徳島大空襲を書くに当たって森内は、眉山で出会った「女のひと」を回想の中心に据えた。〈記憶がさだかでないそのひとが、後年、不思議に強固な存在感をもって、私に働きかけてきた〉（エッセイ「仮構の基軸」『灰色の鳥』所収）からだ。

苦しんでいる肉体や息遣いまでがありありと感じられるほどになった。酷薄な時代に青春を迎えたそのひとは、薄い胸とかぼそい手首をしていただろうとも思えた。女のひとは怪我をしていて、錯乱から山を降りていったのに違いない。私たちはどうして、そのひとに声をかけてあげられなかったのだろう。そんな夜に一緒に逃げた家族とはぐれ、ひとりきりでいるのは辛い。まして怪我をしていたなら、なおさらだろう。一人でいるより大勢で身を寄せあっているほうが、恐怖や孤独、苦痛を忍びやすい。私はそのひとの記憶が鮮明でないことで、かえって自由にいろいろなことを折に触れ考えた。そのうちに、私は次第にそのひとに責任がある、負い目がある、と感じるようになった。

火の中を逃げまどっている私たち一家が、怪我人を載せた担架について走ることで道をひらかれたように、私たちは傷ついた人や苦しんでいる人の存在確認によって、生きてゆくことが出来るのだ、と思うようになった。

つくりあげた仮構が、私に〈責任〉を生みだした。

「眉山」は徳島大空襲から二十七年後、三十代半ばになった「私」がこの「女のひと」の面影を探し求めるという筋立てになっている。

「私」は病院を退院して一カ月半になるのに、体調が元に戻らない。そこで、妻が「ダダ、徳島に帰ろうか」と独り言のように言う。ダダとは「私」の呼び名で、妻も子供も「私」のことをそう呼んでいる。「私」は「帰ることにしよう」と答える。そうつぶやいたとき、「私」の目に浮かんだのは〈この土地の、健康な夏の少女のような〉独特の香りを持つ小さな緑の果実、スダチだった。

「私」はすでに雑誌社を辞めており、もはや東京にいる理由はない。しかも、〈この季節が過ぎていってくれるために、私は二十七年前の夏に帰らなければならない。（中略）私は大阪に生まれ、そこで育ったが、いま帰ってみるべきふるさとは徳島である〉との思いが「私」にはあった。

徳島に帰った「私」は、市営動物園前の妻の実家に身を寄せた。そして、妻と城山に登ったり、長男「昌克」と三年ぶりにプールで泳いだりして日を過ごす。標高二九〇メートル、女性の眉のようになだらかな稜線を持つ眉山は、城山からもプールサイドからも眺められた。〈この町ではどこにいても眉山が見える〉と「私」は思う。

誰もがそう思うわけではない。そう思うのは、森内の心の中に片時も忘れることなく眉山が存在しているからだ。

「私」は自転車に「昌克」を乗せ、徳島駅から内町小学校、新町橋、新町小学校、眉山ふもとの八幡神社へと巡る。他でもない、空襲の夜に母や兄と逃げた道筋である。それを自転車で走ることが、「私」の日課になった。


その走り過ぎていく町で、私はひとりの女のひとを探し続けている。歳の頃二十三、四であることを覚えているだけで顔立ちもおぼろな、手がかりがまるでないひとを探している。記憶の中で、ひとは老いることがない。とすれば、あの時代にあって、そのひとは痛々しく細い肩と、貧しく小さく固い乳房のふくらみをしていたように思える。そして、この土地のおんなのひとの顔立ちをそなえていて、眉山の懐しさが漂う眉の色と、眼の大きなひとを考えている。

「私」は疲れると自転車を止め、単眼鏡を覗く。そのとき、目に映るのは現実の風景ではなく、二十七年前の燃え盛る夜の町である。

お盆が来て、迎え火のきびがらを燃やすときも、「私」の胸に赤い焔が広がり、立ち上る煙の中に〈錯乱のうちに山を降りて火の海に溺れていった女のひとの顔〉が浮かんでくる。〈防空頭巾で包まれた、白い蓮の花のような女のひとの短い命の顔〉である。

私は家族とともに徳島に来ていながら、ひとり町を離れて旅しているようだった。東京の町で暮らしていても、実は私が住んでいたのはこの二十七年前の町であったのではないか。どこでも、いつでも私はあの顔立ちもおぼろでいながら、心が傾いてならない女のひとを探してきた、と思う。私は二十七年前の町を訪ね確かめ、そこから家族のもとに帰ってこなければならない。そのときはじめて、私は徳島に帰ってきたことになり、ここが私のふるさとになるのではないか。

そう考える「私」は、徳島市の阿波踊り初日、妻の日本舞踊の先生だった舞踊家の稽古場へ誘われるままに出かける。そこで、そろいの薄鼠の着物を着て、一文字笠を深々とかぶった化粧気のない女性たちによる慰霊踊りを見る。「幽霊踊り」ともいわれるその踊りに「私」は背筋が寒くなり、こう思うのだ。

今夜、あのひとが眉山の山を降りてきている。火の海ならぬ光の海、阿波踊りで賑わう町を擦り抜けて還ってきている。

そして「私」は、女性たちの一文字笠のうちに〈眉山のひとの哀しい幻の顔〉を見いだすのである。

さらに、阿波踊りの桟敷席に陣取り、単眼鏡を構えた「私」は、演舞場に次々と踊り込んで来る踊り子たちにも〈哀しい幻の顔〉を発見する。〈どの編笠のうちにも、あのひとがいる〉と。〈顔かたちの見覚えがおぼろであるだけに、それはどの女の人にも重ってゆく〉。

こうして森内は「眉山」のラストシーンで、燃え盛る火の方へ山を下り、行方も定かでなかった「女のひと」を阿波踊りで賑わうお盆の町に還らせる。そうすることによって、空襲で青春を奪われ、命まで失ったかも知れない薄幸の女性を、この世に蘇らせたのである。

私はこのひとのことを主人公にして、小説を書くことも出来た。そうでないにしても小説の中で、もっと大きな存在を占めさせることも出来た。しかし、私はそうしなかったし、今後もそうするつもりはない。私にそのひと自身が書けないのではない。私はそのひとを他の多くの人たちの背後に佇んでいる普遍の〈存在〉として、置いておきたいだけだ。そしてその存在は私の仮構と、仮構の世界に緊張と多くの人々を生み出すだろう。（「仮構の基軸」）

こんなところにも森内のストイックで誠実な人間性を見いだすことができる。そしてそれが、詩的で静謐な文体や人間に対する深い認識、卓抜な比喩などとともに、森内文学の大きな魅力の一つになっているのである。

「眉山」は一九七三年、森内が三十六歳のときに「新潮」五月号に発表された。六九年に文学界新人賞受賞作「幼き者は驢馬に乗って」でデビューして四年目のことだ。

この間、森内の作家生活は順調だった。「幼き者は驢馬に乗って」が七〇年に芥川賞候補になったのに続いて、七一年には「傷」と「骨川に行く」が芥川賞候補、さらにそれまで勤めていた出版社を辞め、筆一本の生活を始めた七二年に「春の往復」が芥川賞候補になっており、翌年の「眉山」は五度目の芥川賞候補作である。

受賞には至らなかったものの、選考会では吉行淳之介が「書きたいところに共感した」として芥川賞に推している。吉行にも空襲体験があり、小説『焰の中』などに描いていること、しかも若いころに詩を書いていたという共通点があり、森内の詩的で繊細な文章も吉行好みであったのだろう。

吉行が空襲を体験したのは東京の大学生時代である。『焰の中』の主人公「僕」は、焼け落ちる寸前の家から美容師の母と女中に続いて脱出するのだが、そのときドビュッシーのピアノ曲を収めた十二枚のレコードアルバムを抱えて逃げる。やがて、そのレコードがずっしりと重く感じられるようになるのだが、〈僕は依怙地になって、その荷物を捨てようとしなかった〉。それはなぜか。

この空襲で死なないにしたって、僕たちの生にはすぐ向うまでしか路はついておらず、断ち切られているのだ、という考えを捨てないために僕はその重い荷物を捨てなかったのだ。

『焰の中』には、先の見えない戦争の中の青春が吉行独特の都会的な感性で描かれていて、空襲の描写などを読んでいると、森内の「眉山」に対する吉行の〈共感〉が自然に納得されてくるのである。

空襲の悪夢

「眉山」に、こんな印象的な一節がある。

あのときからすでに二十七年がたつのに、私はいまだに母に手を引かれて火の中を走っている夢をみる。夢は屢々《しばしば》、現実の追憶より鮮かなものであるが、私の場合、どんな形で鮮明であるかといえば、たとえばつながれている母の荒れた手の、確かな感触であったりする。それはまた妻の手にひどく似ていて、夢で私は時々妻に手を引かれて逃げている。

徳島大空襲から二十七年がたち、三十代半ばになっても、母に手を引かれて逃げている夢を見るという。森内の空襲体験がいかに強烈なものであったか、この文章からもうかがえよう。ただ、これはあくまで夢の中の話であり、現実には〈火を逃れたとき、わたしたち親子は手をつないだりはしなかった〉（小説「梨の花咲く町で」『梨の花咲く町で』所収）という。

そのような余裕はなかった。単身だった。単独者でなければ、逃走しようがなかった。逃げながら恐怖は感じなかった。ただ、このたった今は、一人きりでなければならないという孤立感のほうが、ひしひしと切なかったことを銘記している。

現実とは違って、夢はたいてい理不尽だったり、荒唐無稽だったりするが、だからと言って夢の中の恐怖や不安が薄まるわけではない。むしろ夢の中は逃げ場がないだけに、恐怖や不安は現実よりもいっそうリアルで生々しいものとなる。そして、そうした夢が頻繁に登場することが森内の小説の特色の一つであり、夢とも現実ともつかぬ描写も随所に見受けられるが、とりわけ空襲の悪夢には脅かされ続けたようだ。

『道の向こうの道』にも、空襲の悪夢に関するこんな記述がある。

　わたしは毎夜のこと、悪夢に悩まされていた。酒の力を借りて、熟睡が必要だった。夢は一九四五年、昭和二十年の三月には大阪市で、七月には疎開した父母の郷里の徳島市で、焼夷弾空襲にあって火の中を逃れたが、その火炎に包まれて、走ったときの風景が繰り返し、わたしを脅かすのだった。
　夢の中で、おびえ逃げまどっているのは、満八歳だった。大勢の人が焼死したが、焼き殺されるばかりではなかった。大火で酸素が欠乏して、窒息死した。焔が烈風とともに、稲妻のように路面を走った。やすやすと、忘れられる体験ではなかった。
　真夜中、燃え上がる人間が、わたしを追いかけてくる。逃れようとして、のた打ちまわって、蒲団から転げだして目がさめる。

なんと怖ろしい夢だろう。「わたし」を追いかけてくる〈燃え上がる人間〉は、神社の境内で焼夷弾の直撃を受け、火だるまになった〈ねんねこに赤ん坊を背負ったひと〉だろうか、それとも別の人だろうか。そして、悪夢の話に続けて、森内は次のような一行を書きとめるのである。

わたしは、悪夢からの自己防衛のために、酒を飲んだ。

飲酒もまた、徳島大空襲に端を発していたわけである。

過度の飲酒、趣味への耽溺

『道の向こうの道』は学生時代の回想だが、少年愛を描いた小説『谷川の水を求めて』にも、酒にまつわるこんな記述がある。

六、七年前、三十二、三歳の頃、渇酒症になっていた。廊下を裸足で歩くと、板の間にしみ出た酒の足跡が付くようであった。軀はしぼりあげると、汚れた水がしたたる濡れ雑巾のように思えた。酒を飲んでいないと抑鬱症に襲われる。その原因は衰えた肝機能がもたらす朝夕を問わない宿酔だった。

酒を飲んでは宿酔に悩まされる。だが、飲まないと抑鬱症に襲われる。そこでまた飲む、といった悪循環である。過度の飲酒がたたって肝臓を悪くしたこともあった。

とにかく飲み方が尋常ではなかったようだ。奥野健男著『素顔の作家たち――現代作家132人』には、こうある。

ふだんおとなしい内気な彼が、一緒に酒を飲むと、ウィスキーを生《き》のまま、凄絶に飲む。そして酔いがまわると蒼い顔をして、しつこく絡みはじめる。ぼくは二度だけだが、銀座で飲みはじめ、赤坂、六本木、新宿、渋谷と朝まで、正体をなくしながら、人生、神、文学についで歯をむき出して語り続け、不気味に笑い、どうしても帰ろうとしない彼に、魂が氷るような怖ろしさをおぼえたことがある。ぼくは彼の内心の深淵を感じながらも、ふだん何も語らない彼、酔っては支離滅裂で何を言っているかわからない彼が、ここまで何に耐え、何に対し憤っているのか、わからず困惑したのだった。(中略)

彼は肝臓を害した。当り前である。小説にあるように、彼は何も喰わず、生のウィスキーを一本、二本と飲む。いや冷凍室で角ビンのままウィスキーを氷らして、それをガリガリ嚙むように飲む。まるでガラスのかけら切片を飲むようなものだ。しかしその深酔いの描写のすばらしさ。ともあれ医者に絶対の禁酒を命ぜられ、長く入院した。その機会に彼は編集者を辞め小説家として一本立ちになった。

なんともすさまじい飲み方である。「眉山」に〈病院から退院してきて一カ月半ばかりになるのに、状態がはっきりしなかった〉とあるのは、このころのことだ。

ちなみに森内は、その酒も煙草も五十代後半できっぱりと断っている。深酒をして階段から落ち、左手首を骨折したのがきっかけだった。

徳島大空襲は身体ばかりでなく、精神にも悪影響を及ぼした。『道の向こうの道』には、こう書かれている。

幼年期から少年期、青年期から壮年期、そして老年となった現在八十歳にいたるまで、情緒不安定の症状に悩まされている。いまでは、心得ているから、どうにか回避する手立てはあるが、ほんとうに綺麗さっぱり免れたことは、ついぞ、ない。

〈幼年期から……〉とあるので、この〈情緒不安定の症状〉も空襲に起因するのだろう。敗戦直後を描いた小説「風船ガムの少女」(『風船ガムの少女』所収)には、〈暗く貧しく酷薄な時代であった。その時代は幼い魂に、何事かを刻印する〉といった文章が出てくるし、同じく小説「影の声」(『午後の坂道』所収)には、こうある。

中濱は幼年期、少年期を敗戦を間にして過ごした。まともに振り返り、これと向き合ったことはないが、暗い寒い時代だという印象が残っている。これは二人の息子、英行、孝行があずかり知らないことだった。灯火管制の乏しい明りのもとで、あるいは停電続きの夜、一家が息をひそめ、寄り添うようにしてロウソクのもとで夜を過ごした。幼ない心ながら生活というものが脆《もろ》く、あやういものに感じられていた。食糧といわず、何もかも不自由で、不安な時代だった。生存の根底が浅くあらわに見えていた。それが子供心にも分かった。(中略)一度ひもじい思いを味わった人間は、一生ひもじく暮らすのではなかろうか。中濱には食事への執着に加えて、おかしな性癖があった。夜、眠るとき、豆球を消せない。結婚をしたばかりの頃、妻の綾子はいぶかり笑った。暗闇に対する不安が根強い。真っ暗だと眠れないのである。年齢を重ねても、この性癖はあらたまらない。

ここにも生涯にわたって続く空襲の影響が見て取れる。すべての道はローマに通ずと言うが、森内の場合、すべては徳島大空襲に通じていると言っても過言ではないのである。

森内は五十六歳から書を習い始めるが、その理由もまた、二度の空襲体験と深く関わっている。硯《すずり》や筆、墨、篆刻《てんこく》などをテーマにした連作短編集『真名仮名の記』の表題作から、その部分を引いてみよう。

小学校二年生から四年生の時代は、日本の敗戦の前後だった。私は空襲に見舞われ、二度まで火をかいくぐって生きのびてきた。引っ越し、転校が続いた。書き取りの基礎を学ぶ機会には、ついぞ恵まれなかった。編み上げ靴の紐を片手で素早く結ぶ技術、ゲートルをいかに早くしっかりと巻き上げるか、その方法には熟達したが、学科はこの間お留守になった。（中略）戦火の恐怖と飢餓のなかで、停電の暗夜を照らしだす鯨油の蠟燭のもとで私は字を覚え、本を読んできた。筆順が怪しいのも、やむを得なかった。

この『真名仮名の記』は、白川静の〈生きることは一種の狂である〉を引用し、〈されば書を学ぶことも、また狂ではなかろうか〉と書いているように、書の世界を通して人間の深淵を覗き見た類まれな短編集である。

五十代半ばで書を習い始めた森内は、書の森に深く分け入っていく。六年間で小筆を八十本買い集めるなど、文房四宝にも凝るようになる。

書道だけではない。クラシック音楽、尺八、パイプ、カメラ、陶器の収集……と、森内は多趣味の作家である。どの趣味にもマニアックなほど没入し、探索し、味わうことを通して人間の真実に触れようとする。

パイプ煙草の趣味が嵩じて、パイプ作りに没頭した時期もあった。そのころのことを描いた小説「サンライズ・クラブ」（『天の声』所収）には、こうある。

田村の耽溺癖について言うならば、誰にでも何らかの意味で、趣味がある。そして趣味が嵩じて耽溺に走る可能性がある。とはいえ、耽溺癖には、いわれがない。すくなくとも溺れている本人には、それを説明する言葉がない。強いて言うならば、〈生〉への隠れて根強い盲目的な恐怖、おびえ、倦怠がひそんでいるのだろう。

火だるまの人間に追いかけられる夢、尋常ではない飲酒癖、幼少年期から続く情緒不安定の症状、暗闇に対する不安、趣味へのマニアックな耽溺……。これに「骨川に行く」（『骨川に行く』所収）にみられるようなニヒリズムも加えていいだろう。幼いころの空襲体験は、森内の心に生涯癒えることのない深い傷を残した。

それを癒やそうとして、森内は抗鬱剤や精神安定剤、睡眠薬などを乱用するようになる。小説「十年」（『桜桃』所収）には、〈昭和五十八年の十一月下旬にある大学病院で鬱病と診断され、以後実に七年間抗鬱剤と睡眠薬を一トンから二トンばかり服用した。肉の肉、骨の骨まで薬は浸透し、私はボケて仕事がほとんど出来なかった。旅行はおろか読書もむつかしかった〉とある。そんな〈壊れかけた器〉になりながら、それでも懸命に生きようとする姿を描いたのが、読売文学賞と芸術選奨文部大臣賞受賞の名作『氷河が来るまでに』である。

『氷河が来るまでに』

この長編小説は、森内が五十三歳のときに刊行された。登場人物は森内と等身大の「ダダ」と呼ばれる主人公、その妻「ミータン」、そして会社員の「パク」、高校三年生の「ミショウ」、中学二年生の「ノエ」の三人の子供の一家五人である。ダダばかりでなく、語りの視点は時折、子供たちへと移る。各章に付された「笑う泉」「影絵」「水の椅子」「幽夏」「青い手紙」などのタイトルが暗示するように、現実の中に、現実と地続きの夢や幻想が紛れ込みながら、薬に冒された「ダダ」の日常が刻々と語られていく。

コーヒーを飲むと、ミータンと一緒に駅前通りへ出て行った。駅前通りのイチョウが落葉して、陽の光に眩しいほどだ。駅まで行った。傍目から見れば、のんびりとした夫婦と映るだろう。とにかく二十六年間暮らしてきたのだ。だが、ダダの気持は、早や傾きかけた陽差しのようだった。急がなければならない。だが、どこへ？「先があるものか」という声が聞こえてくる。ミータンはすべてをダダに預けてきていた。薬と酒がなければやっていけない人間に、一切を託するには勇気がいるはずだった。一方、ダダは家族に慰めを求め、あやうい思いで息をつめるようにして暮らしていた。辿っている路は必ずどこかへ抜けていると信じている。いやこれを信じることにつとめ、祈っていた。しかし、祈りは心を研ぐ。敏感であるとき、どこかで巨大なものが崩壊しながら、すべてを氷結のうちに包んでしまいそうな予感がある。打ちひしがれ、おびえ、狂い出しそうだった。

痴呆や廃人になることへの底知れぬ不安、そして死への恐怖から、ダダはなんとか薬を断とうと試みるが、薬をやめると体も心も不安定になる。頭の芯がしびれ、手が震える。腕に痙攣《けいれん》が走る。蜘蛛の巣が顔にかぶさってくるように感じられる。歯ぎしりがやまず、体が揺れ始める。妻や子供たちが遠くに見え、一人で町が歩けなくなる。そして、世界が透明な棺《ひつぎ》のように見え始める。

わたしは麻薬に手を出したことはないが、いまの状態は禁断症状そのものだ。(中略)食卓にメタルパックの錠剤が二つ。さきほどポケットからそこへ戻した。わたしは誰も監視しているものは居ない、と知っていながらあたりを見まわし、薬を手にした。メタルパックを破らずに、そのまま口に含む。舌の上に載せたままじっとしていると、両頬に伝うものがある。わたしは自分が泣いているのに気付いた。薬を吐き出し、食卓に置いた。
次は次男ミショウの述懐である。ダダの状態は悲惨を極める。

父は台所の廊下にお米を一杯にばらまいて、素っ裸で坐っていた。躯中、血だらけで、下半身はウンコで汚れていた。どうしたの？　ぼくが分かる？　と尋ねた。眼が据っている。ぼくはただちに救急車を呼ぼう、と決心した。
父はもうこの段階で、神経が完全におかしくなっていたはずだった。それなのに、ぼくの決心を見抜いていた。非常に静かで、優しい声を出して、言った。殺すよ、救急車や人を呼んだら、おまえを殺すよ。

ぼくの父は、もう父でなくなった。父は小さな自分の畑を耕した。おのれを深く掘ったのかも知れぬ。しかし、血の畑へ落ちた。おのれの井戸へ落ちた。自己を解剖したが、縫合を忘れた。父には、他者に手をさしのべた時代がある、と言う。母が証言した。弱い人、困っている人には実に優しかった、と。だが、ぼくの考えでは、自分の弱さを他者に見出して、そこにいるおのれに手をさしのべただけなのだろう。本当の愛はなかった。それ故に谺《こだま》は返ってこない。父を救う人は現われない。

何か大きな事件が起きるわけではない。奇想天外な物語が進行するのでもない。それなのに、小説の中にぐいぐい引き込まれるのはどうしてだろう。それは、森内の詩的で思索的な文章の魅力とともに、誰もが持っている人間の弱さ、優しさ、人が生きることのせつなさに、読者が深く感応するからだろう。そして、いつの間にか読者は、ダダの家族の一員にでもなったかのように、ダダの回復を祈っているのである。

小説の後半、末娘のノエは家族に内緒でミータンの郷里に住む「ジッタ」（妻の父）にダダの状態を知らせ、一家を呼び寄せてくれるよう懇願する手紙を書く。

ちなみに、このノエは小説「四旬節」には「乃亜」の名で登場する。旧約聖書のノアから取られた名前である。生死を危ぶまれる状態で生まれ、「私」の必死の祈りが通じて、ようやく助かった娘だった。そのノエが、今度はダダの病からの回復をひたすら願って、郷里のジッタに手紙を書いたのである。

ミータンの郷里とは、徳島市である。ダダが小学三年生のときに大阪から疎開して空襲に遭った苦難の地であり、ミータンと結婚式を挙げた喜びの地でもある。その徳島市へ、ダダはミータン、ノエとともに帰っていく。

線路わきの赤いカンナの花、わずかな乗客が窓辺で午睡《ひるね》をむさぼる発車時刻待ちのディーゼルカー、カメラを提げて歩く県外からの阿波踊り観光客、徳島県の木、ヤマモモが植わっている城山公園……。ダダは、ミータンとともに平和にまどろむ徳島の町を歩く。かつてこの町の診療所の医師が話した、入院せず一人で断薬できる一パーセントの可能性にかけるつもりで、〈眼のくらむ強い陽差しのもとへ一歩を踏み出した〉のである。

〈青空高くトビが気流に乗って舞っている〉のどかな町、徳島。そこは、ダダがまだ薬に頼っていなかったころ、ミータンと一緒に訪れたアイルランドとも重なる。アイルランドは森内が一九八二年、四十五歳のとき、結婚二十周年記念に七月末から一カ月間滞在した思い出の地である。

ダダはミータンとともに徳島市の城山公園やその周辺を気ままに歩く。ボールを打つ快い音にひかれて、テニスコートの方に歩いていくと、〈風も無いのに、青空のどこかからサギソウに似たカラスウリの花がレースのように、ふんわりと舞ってきた〉。アイルランドの夏の雨も、〈陽の光りに輝きながら、霧のように軀にたわむれて明るく降る〉。そんなことを思い出しながら歩くうちに、ダダは快い疲労を覚え、シャツの胸ポケットに忍ばせている薬の必要性を感じない日が出てきた。

「クスリ、減ってきたのね」

とノエが言う。

「すこし。ほんのすこしだ」

「よほどラクそうよ」

「そうかな」

「ソウヨ」

「帰っても、このままでいられるといい」

「大丈夫でしょう。今日出来ることは、明日も出来るのよ」

とミータンが横から言う。

「だといいけれど」（中略）

「何日暮らしたかな」

「二週間。ミショウが困りはじめたみたい」

「そう？　帰ろう」

「ジッタは、もう心配ないし」

「遠くて暗いところへ帰るような気がする」


案の定、東京に戻ると薬が増えてくる。そこで、ダダはまた歩き始めた。〈正午が輝かしい色彩を繰り拡げるところへ、いまひとたび辿り着かねばならない〉からだ。

徳島とアイルランドの心安らぐ思い出が交互に繰り返しつづられ、小説は次のように結ばれる。


耕すべき大地はまだ残っている。そこへ帰らなければならなかった。ただ、このままひたすらに歩いて行けば、必ずもう一度辿り着ける確信があった。薬はその呪縛を解くだろう。すべてが内部から発光しているように見えた。太陽は高く輝いていた。間に合うはずだった。そのように信じたかった。しかし、すべては夢で、今またひとつの夢に踏みこんで行こうとしているのだ、とも思えた。

徳島に帰って、薬との縁がすっかり切れたわけではない。事はそれほど簡単ではないだろう。だが、この結末に一筋の希望の光が差し込んでいることだけは確かだ。

東京にいると思わしくない体調が、徳島に帰ると少しずつ快方に向かう。この回復のモチーフは「眉山」にも登場する。

「眉山」の主人公「私」は、病院を退院して一カ月半になるのに、体調がすぐれない。クーラーをかけていても両手が汗ばみ、熱を持っている。夏休みに入った長男「昌克」も喘息のような咳をしている。そこで妻は、徳島に帰ろうとダダに提案した。

そして、徳島に帰った「私」を、妻は城山公園で行われる早朝のラジオ体操に連れ出す。体操のあとは城山に登る。家に帰るとシャワーを浴び、妻の母が作ったパンとコーヒーの朝食を取る。昼は祖谷《いや》そばにスダチの皮を下ろして食べる。午後は「昌克」と一緒にプールへ行く。泳ぐのは三年ぶりだが、〈シャワーをくぐって出てゆくと、強い陽差しに皮膚が乾いてゆくほどの早さで、軀の弱って湿った部分が、陽曝しの生木のように固く乾いてゆくのが感じられた〉。東京にいたころに比べ、「昌克」も日焼けして健康そうになり、咳き込まなくなる。

「眉山」のラストシーンには〈眉山は救いの山〉であるという印象的な言葉が登場するが、森内の〈救い〉となったのは眉山ばかりではなかった。徳島という土地そのものが、「救いの地」となったのである。

第3章　徳島への愛着

「眉山」にこんな場面が出てくる。

「……徳島が嫌いだ。あんなところに二度と帰ろうとは思わない」

そう言ったのは私の母だった。徳島に帰ってくる途中、東京から新幹線で大阪に着いた日の夜、父の家に立ち寄り、揃って食事をしている席でのことだった。兄の達明もいた。たまたま出された茶が、徳島の川柳だった。お茶のことから徳島が話題になった。母の口をついて出た言葉が私の胸を刺した。初めて聞く言葉だった。記憶する限り母は徳島と、空襲につながる思い出を二十七年間、語ったことがない。それは父や兄も同じだった。言い捨てて口をつぐみ座椅子にもたれたどこか子供じみた母を見ていて、大阪空襲の翌朝、地下鉄の構内でモンペの膝を抱きかかえ、父を待っていた姿が浮かんできた。

徳島は母の郷里である。それなのに母は「徳島が嫌いだ」と言う。無理もない、大阪のときよりもひどい空襲に遭い、かろうじて生き延びるという過酷な体験をしたのだから。しかも、大阪大空襲のときも徳島大空襲のときも頼るべき夫は不在で、女手一つで二人の子供の命を空襲から守ったのである。どれほど孤独で、心細かったことか。

徳島大空襲の前日、徳島駅前の伯母の家から蔵本の叔母の家に一家で引っ越し、一晩泊まっただけで伯母の家に舞い戻ってきたことも、母に精神的なしこりを残したはずだ。しかも、徳島大空襲の折には焼死体を嫌と言うほど見ているのである。

山を降りたところが寺になっていて、庭に死体が続々と運びこまれてきた。死体はまだ金網の上の魚のように煙をあげていた。母は石段にうずくまり、なんてむごいことを、と呟いた。

「幼き者は驢馬に乗って」に、そうある。容易に忘れられる体験ではないだろう。「あんなところに二度と帰ろうとは思わない」。そう言ったところで、誰も母を責められないはずだ。

そんな母とは対照的に、森内は盆や正月に徳島市の妻の実家に帰省して徳島への愛着を深めていく。

毎年、滞在の長短はあっても、大阪と徳島に行くことになっている。徳島は私の妻の郷里、大阪は私の郷里である。長居をするのは徳島に限られているのは、ここが私の父母の郷里でもあって、どちらを向いても親戚縁者が大勢いるせいである。私は小学生時代の一時期を、この土地で暮らした。大阪より懐かしく感じられるから、私の本当の郷里は徳島である、と自分で決めている。

（「墓の顔」）

徳島に帰れないときには、東京の自宅で徳島の夏に思いをはせる。

暑さのことから言えば東京の夏より暑くて、避暑にはならないはずだが、過ごしやすいのは徳島の夏が私の性に合っているからに違いない。今年は仕事の都合で帰れなくなった。机に坐っていると、吉野川の堤防の涼風が恋しい。徳島では、もうスダチの実が駅前の土産物屋にならんでいることだろう。スダチの濃い緑がこの土地の盛夏のしるしであると同時に、独特の香りのなかには早や爽やかな秋がかくされている。滞在中は、毎日のように朝早く起き出して中州港にある魚市場に買出しにゆく。魚を切身で買うなどといった習慣はないのである。朝、昼、晩、魚ばかり食べて、東京に帰る頃には、軀が魚臭くなっている始末だ。いまこうしていても、埠頭のところで、仲買人が立ち飲みしている大関のワンカップに眩しく透けている港の朝が見えている。

先日、徳島からかかってきた電話の向こうで、阿波踊りのはやしが鳴っていた。居たたまれない気持だった。

（「同」）

スダチ

吉野川、スダチ、新鮮な魚、阿波踊り……。「墓の顔」には徳島の魅力が詰まっているが、中でも森内が徳島に対して抱いているのはスダチのイメージである。「眉山」の中で、「ダダ、徳島に帰ろうか」と妻が言い、「私」が「帰ることにしよう」と応えて思い浮かべたのもスダチだった。

レモンのように苛烈でもなく、といって柚子ほど甘くもない独特の香りを持った固く小さな果実の、底深い緑の色が眼に浮かんできた。徳島は丁度すだちがみのりはじめるころである。それはこの土地の、健康な夏の少女のような果実だった。気のせいか、これからの季節、徳島の朝は空気や井戸水にまですだちの匂いがする。知ったばかりの頃の妻も、すだちの若い匂いがしていた。

〈健康な夏の少女のような〉スダチは、ごみごみした東京での生活に病み疲れた心と体を癒やしてくれるものの象徴として捉えられているのである。
スダチは徳島の特産品だが、「眉山」が書かれた一九七三年ごろの東京ではあまり見られず、料亭など、ごく一部の料理屋でしか使われていなかった。徳島をよく知る森内ならではの文章と言えるだろう。

阿波踊り

森内の作品には、阿波踊りもよく登場する。「眉山」では、桟敷席から見た躍動感あふれる阿波踊りの風景がラストシーンに使われた。

辿りついた桟敷の高みから、照明を浴びてひときわ明るい路を見れば、それは踊りが流れてゆく川だ。眉山の向こう、四国の山の深みから流れを集めて勢いを増し、はや、さまざまに色づいた樹の葉を舞い載せて溢れ、流れてきたかに見える。蜂須賀連が踊ってゆく。のんき連に、阿呆連、天正連に天水連が通る。

徳島市の阿波踊りは毎年八月十二日から十五日までの四日間、中心市街地に交通規制をかけて行われ、踊り連の練習はその三、四カ月前から始まる。阿波踊り本番だけでなく、あちこちの公園からふと聞こえてくる稽古中のお囃子《はやし》にも情緒がある。

夜になって籐椅子に坐っていると、北の窓から流れこんでくる風が、早くもかすかに秋の匂いを含んでいるのに気が付いた。食卓に出されるすだちが、大きくなっていた。聾啞学校のグランドにこだまして聞こえてくる太鼓や鉦《かね》、笛の音にも気が付いた。阿波踊りの稽古が、城山公園や、町のビルの屋上ではじまっている。女踊りの、招くような手のそよぎが私に見えてきた。その手が死者のまつりを呼んで、お盆がきた。

（「眉山」）

そして、阿波踊りの熱狂が果て、桟敷が撤去されたあとのガランとした街に、徳島市民が感じる秋の訪れ――。エッセイ「宴のあとに」（『みちしるべ』所収）では、そんな徳島ならではの季節感が鋭敏な感覚で捉えられている。

八月もなかばとなって、暦のうえでは、はや秋である。（中略）

たまたまこの季節、徳島に居合わせていて阿波踊りを楽しんだあと、なおも滞在していたりすると、混雑がにわかに解消した街がいかにも新鮮になって、独特の情緒をかもしだしているのが好ましい。

それはよく知りぬいている人の表情に、思いもかけず、ふと浮かんだ微笑のようなもので、とても懐かしくて、明るく親しい解放感に満ちている。それでわざわざ阿波踊りの期間をはずしてまでして、徳島の街へ訪れたくなる。

おそらく徳島の街に長く暮らしている人には、分からなくなっている土地の素顔のようなものが、この時期に現れ出るのではないだろうか、などと考えたりする。では、その素顔というのは、具体的にどんなものであるのか、と問い返されてみれば、まったく困る。知らず知らず伝承されてきて、言葉にはならない、徳島の匂いのようなものだからである。

小説「七夕さん」（『桜桃』所収）は、阿波踊りの徳島が舞台である。大学生を主人公に、織姫と彦星のように阿波踊りの時期にだけ会う約束をした、浴衣姿の美しい三つ年上の踊り子との淡い恋愛がさらりと描かれている。終わり近くに、情緒あふれる踊り下駄の音が効果的に生かされたシーンがある。

「うち、な。結婚することにしたんよ」

珠美は車から、するりと外へ出た。踊り下駄を、からから鳴らして歩いて行く。ふと、立ち停まり、小脇に抱えていた編み笠をかぶって、こちらを向いた。あげた手が、そのまま自然と挨拶の手になった。再び歩き出した。先の方にクスノキの大樹がある。珠美の姿は巨きく黒い影の幹に、吸われたように消えた。からから、いつまでも踊り下駄の音だけが聞こえる。「また来年」は、もう無い。いつまでも無い。ハンドルを握りしめている手の間から、何かさらさらと、灰のようなものが膝にこぼれている。それは青白く光っていた。英樹は焼き捨てた手紙を思い出した。それも、また取り返しがつかないだろう。踊り下駄が鳴っていた。

〈焼き捨てた手紙〉とは、小説の初めの方に出てくる、主人公が大学浪人時代に女の子から送られてきたたくさんの手紙である。主人公は、それを封も切らずに焼き捨て、東京から徳島に来た。〈自分の手で灰にして捨てたものが、一体、何であったのか、そのときは、まったく考えなかった〉が、踊り子に失恋して初めて、その正体に気づく。カラカラと鳴る踊り下駄の音が印象的な小説である。

眉山

さわやかなスダチや情緒あふれる阿波踊りもさることながら、小説やエッセイで森内が特に愛着を込めて描いているのは、なんと言っても〝救いの山〟眉山である。「眉山」や「幼き者は驢馬に乗って」はもちろん、徳島を舞台にした小説「石声の谺」（『真名仮名の記』所収）などにも眉山が登場する。

助任川の神明橋から、徳島大学工学部前あたりへ来かかっていた。左手の川向こうに松並木があって、こちら側には堤防がある。これに沿って柳の街路樹の歩道が、川筋どおりにゆるやかに曲っている。その先で、川は二筋に分かれていた。ここらあたりは、徳島の町でも美しいところの一つである。眼をあげると、眉山とその手前の城山が、午後三時というのに、はや翳って濃い暗紫色になっていた。しかし、空は青く深く澄んで、一隅に小波《さざなみ》の縞模様の雲がたなびいている。

（「石声の谺」）

町の外には大河、吉野川が流れていて、徳島県民は県外から帰郷する際、海のように広大なこの川の河口に架かる橋の上から眉山を眺めては、「徳島に帰ってきた」とホッとする。森内もまた、〈眉山はどこから眺めてもいいものだが、私は吉野川大橋を渡って、対岸からの遠望を好んでいる〉（「動物園前の春」）という。

『道の向こうの道』にも、眉山が出てくる。

小さな聖書とルターから呼ばれた旧約聖書の詩篇の、その第一二一篇に「われ山にむかひて目をあぐ、わが扶助《たすけ》はいづこよりきたるや」とある山は、わたしにとってはまさに眉山である。

その眉山をつくづく眺めたい、と思う夏がきた。それは昨年の猛暑日が続いた夏のことだった。では、出かけたのかというと、さにあらずで、実際には杖をたよりに伴侶とともに、羽田空港を離着陸する飛行機を見学に、城南島海浜公園へ出かけるに終わった。展望している位置と使用滑走路の方向のせいで、どの飛行機も離陸して旋回すると、南へ飛んで行った。それは大阪、徳島への方向であったが、同時に、おのずと、もっと遥かなわたしの過去を目指していた。

〈もっと遥かなわたしの過去〉とは、八歳のときの徳島大空襲の体験を指す。これが書かれたのは二〇一四年、森内が七十七歳のときである。徳島に眉山を見に帰りたいと切望しながら、実際には、杖をついて夫人とともに徳島方面に向かう飛行機を眺めるだけに終わったという。なんというせつなさだろう。

森内は徳島市で結婚式を挙げた帰りに熱海に立ち寄っているが、そのときも〈窓から山ばかりを見て過ごした〉（エッセイ「灰色の鳥」『灰色の鳥』所収）という。この〈山〉は熱海の山であると同時に、眉山でもあるだろう。森内の脳裏には、いついかなるときにも〝救いの山〟眉山が存在しているのである。

徳島ゆかりの人々

文人モラエス

徳島に対する森内のまなざしは、徳島ゆかりの文学者や陶芸家、書家ら文化人にも向けられる。神戸・大阪ポルトガル総領事を務めたポルトガルの文人モラエス（一八五四～一九二九年）は、愛妻おヨネが亡くなると、すべての地位を投げうって、七十五歳で亡くなるまでの十六年間、墓参りをするために、おヨネの故郷、徳島市に隠棲した。そのモラエスが初めて徳島を訪れた日のことを、森内は共感を込めてエッセイ「屈折の光学」（『みちしるべ』所収）に書いている。

いまから八十四年前の一九一三年、徳島をこよなく愛したポルトガルの人モラエスは、この土地を初めて踏んだ日の思いを、〝満目《まんもく》これ緑の印象〟と書いた。つまり青ひといろにつきたのであろう。その感動のほどが、私にはよく分かる。

眉山、城山、はるかなる阿讃山脈、町の外を流れる吉野川と支流の網、そして今では四季に味わえるスダチの朗らかな色、鳴門ワカメの神秘の緑、加えて海の色が映える。徳島は、まさに青の光学の世界である。

作家・北條民雄

徳島生まれの北條民雄（一九一四〜三七年）についても書いている。民雄は、ハンセン病で家族から切り離され、東京のハンセン病療養所・多磨全生園に隔離された体験をもとにした「いのちの初夜」などの名作を残して夭折した作家である。森内は、家族に差別が及ぶことを恐れて登場人物に郷里の言葉を用心深くしゃべらせなかった民雄が、掌編小説「白痴」で一カ所だけ不用意に阿波弁「面白いんか」（おもっしょいんか）を使っているとして、こう書く。

私は大阪に生まれ育った人間であるが、父母の郷里は徳島である。少年期に徳島で過ごしたこともあって、この土地の言葉なら、いまでも大阪弁同様にあやつることが出来る。私は大学にはいることになって大阪から東京に出てきたが、上京間もないころに北条民雄を読み、こんなふうな推し量り方で、彼が徳島の出身であることを知って、ひどく懐かしい気がした。まるで、郷里を同じくする年長の不幸な友人に会ったような思いがした。上京したての春先は、風塵の季節である。下宿の窓から砂埃まじりの茶色い風を眺めながら「いのちの初夜」を読み、これは柊の垣をめぐらせた武蔵野の全生病院のあたりから吹いてくるのだろうか、などと考えたことを思い出す。（中略）

その北条民雄は、雨が好きな作家だった。小説、日記の中で、よく雨を書いている。後年、私も小説を書くようになって、作品の中で度々雨を降らす悪癖がある。これは北条民雄の影響というより、私の内部にあって共通の風土感覚がなせるわざであるのだろう。
（エッセイ「北条民雄再読」『灰色の鳥』所収）

民雄は徳島県阿南市生まれという以外、本名も具体的な出身地も長く伏せられていたが、二〇一四年に阿南市文化協会が遺族の了解を得て、本名と出身地を公表した。これにより、民雄は死後八十年近くたって、ようやく徳島出身の作家として正式に認知されたのである。喜ばしい一方で、これはこの国のハンセン病に対する差別と偏見が、いかに根深いものであったかを物語るものでもある。

書家・貫名菘翁

硯の魅力をテーマにした森内の小説「石声の訝」には、〝幕末の三筆〟に数えられた徳島市出身の書家・貫名菘翁《ぬきなすうおう》が登場する。その菘翁と、佐賀県生まれで徳島県立文学書道館に膨大な作品が収蔵されている〝明治の三筆〟の一人、中林梧竹《なかばやしごちく》との比較論が面白い。

……貫名菘翁が、京都のとある地味な構えの家で、硯を見ている。飾り気がなく温順な表情である。かすかに幕末儒学の暗鬱が漂っている。机上にあるのは、肌膚《きふ》幼児の如く柔らかく細潤で、石声は匂うがごとき紫藍色がかかっている典型的な端渓硯《たんけいけん》である。金線が一筋走っているだけのもので、石品紋がさまざまに出ているわけでもない。一休みしているところで、阿波から持ちかえってきた相生茶《あいおいちゃ》を、ふうふう吹きながら啜《すす》っている。阿波の国のみが産出する茶で酸味を帯びて、独特の香りがする。しかしながら、決して贅沢なものではない。むしろ質素と言うべきである。

一方、中林梧竹は東京の銀座に寄寓していて、唐土へ渡って持ち帰ってきた貴重な原拓本を拡げ、コーヒーを啜っている。頰骨が高く眼光は鋭い。骨格も逞しい。意気軒昂たるものがある。かたわらに巨きな歙州硯《きゅうじゅうけん》がある。清朝時代には採出が少なく、入手困難なものとなっていた。石品紋は、人の眉に似た眉子紋であるが、硯面に透明感がある。墨を磨るとき、手に磨墨の速さの感触が伝わってくる。逸品である。コーヒーの味も、なかなかなものだ、と満足している。砂糖をたくさん入れている。

質素な相生茶をすする貫名菘翁、対して砂糖がたくさん入ったコーヒーを飲む中林梧竹。森内がいずれをより高く評価しているか、おわかりだろう。

陶芸家・森浩

森内はまた、鳴門市大麻町の大谷焼の陶芸家、森浩についてもあちこちに書いている。『短篇歳時記』には、収録された掌編小説百編のうち二編に森が登場する。

一つは「亡者来よ桜の下の昼外燈　西東三鬼」で、これは森の窯を訪ね、壺を気に入って買ったときの話。壺は高さ四十センチ、肩幅四十センチ、口の直径が二十五センチあり、壺の肩から織部釉薬が美しく流れる大壺である。徳島県立文学書道館に寄贈されるまで東京の森内宅の客間に置かれ、〈この壺のお蔭でステレオの音響効果がよくなり、ピアノを弾くと音が冴える。私は部屋の装飾、眼の楽しみに買ったのだが、思わぬ効果があった〉という。〈ふるさとの山が見えている。ところどころ山火事のように焔を噴きあげているのは、花のせいである〉という山は眉山である。空襲の火を逃れ、八歳のときに逃げ込んだ眉山のイメージが、この一節に重ねられている。

もう一つは「摘草の遠くの人のゐずなりぬ　倉田紘文」で、亡くなった森の思い出をつづったものだ。久しぶりに会ったとき、森は腸の手術をして退院したばかりだった。大きかった体が二回りほど痩せて、小さくなっていた。そのとき「私」は、森から「持って行きなさい」と言われ、色鍋島風の時代がかった蕎麦猪口《そばちょこ》をもらった。森が客間の棚に飾ってあった陶磁器のコレクションの一つである。小説は、こう結ばれる。

それが阿波大谷に、梨の花の咲く季節だった。そしてそれから半年後の秋、森さんは亡くなった。更に時を経た今、その器を香炉にして、私は日々仕事をしている。

さりげない文章の中に、森への哀悼の思いがにじむ作品である。

徳島への移住計画

ところで、森内は三十六歳のときのエッセイ「歩行者天国の悪夢」（『灰色の鳥』所収）に、自宅のある東京・目白界隈の民家の混雑ぶりについて、こう書いている。

私にはこの町の息づまる集密ぶりそのものが、いまさらにこたえている。恐怖に近い。何か異常だ。どこかおかしい。どうしてこんなに押しひしめいていなければならないのだろう。人間には思い立てばいつでも足を踏み入れることの出来る広漠の原野が常に必要だ。あの追放された私たちの人祖がまばたきながらも初めて歩き出し、そこで人間になりおおせた荒野が必要だ。歩行者天国などをうろついてはならない。

人間には〈広漠の原野が常に必要だ〉と言うとき、森内の脳裏にあったのは、広々とした徳島の美しい風景だったに違いない。そして、森内は実際に〈息づまる町〉から徳島への移住を計画したことがあった。筆一本の生活を始めた三十代半ばごろのことである。

会社を辞めたとき、私はこの町からの脱出、逃亡を考えている。私は健康を損ねていて、界隈は静かだが建て混んで、どうも息苦しい、と感じはじめていた。もっと周囲が展けて、広々としたところに移りたい。ここには住み飽きた。妻の郷里に帰ろう。私はそう考えた。私は少年時代のある時期、妻の郷里で過ごしたことがある。

しかし、この計画はみのらなかった。仕事の先ゆきのこと、経済状態、子供たちの学校のことを考えると、思うほどにやすやすと抜け出せない。私は計画を無期延期した。

（小説「遁れの町」『微笑の町』所収）

それから二十五年後に書かれた小説「石声の谺」にも、移住計画の話が出てくる。

一度、三十代の半ばのころに、徳島で生活する計画を立てた。しかし、子供たちの学校の問題があった。経済の事情もからんでいたので、実現しないまま歳月が過ぎた。それでも諦めずにいて、ようやく念願がかなった。一戸の家を借り受けて暮らすようになっている。子供がそれぞれ社会人となり、ほかに思いわずらうかかわりが、ほぼ断ち切れようとしていた。ただ、いまだに些《いささ》かの気遣いが残っていて、東京との往復を繰り返している。伴侶の故郷もまた、この土地であることが何よりもさいわいだった。

こうして徳島の町を歩いていても、慣れて、きわめて親しくなっている。先祖が眠っている地底の声が聞こえる。

その後、さまざまな事情で東京中心の生活に戻らざるを得なくなったが、本気で移住を考えていたことだけは確かだ。この事実は、森内の徳島への愛着の深さを何よりも物語っているだろう。ちなみに森内は、小説やエッセイの中で「徳島に行く」とか「徳島に来る」といった言い方はほとんどしていない。「徳島に帰る」と書いている。意識してのことではなく、自然とそんな言い方になるのだろう。徳島を心から愛し、本当の郷里と考えているなによりの証である。

こうして徳島を描いた文章を読んでいると、自らの井戸を深く掘ることで普遍に到達しようとする森内の文学が、自宅のある東京とは別に、悲惨な空襲の地であり「救いの地」でもある徳島というもう一つの世界を持つことによって、より豊穣で重層的な厚みを加えるに至ったことがあらためて理解できる。その意味でも、徳島は森内にとって極めて重要な土地なのである。

「眉山」から三十八年

森内に「梨の花咲く町で」という小説がある。七十四歳のときの作品で、二〇一一年十一月に刊行された同名の短編集に収められている。梨畑が広がる鳴門を舞台に、その年の一月に相次いで他界した実母と義母をはじめ、陶芸家の森浩ら人生の途上で出会った徳島ゆかりの人々の思い出をつづったものだ。
小説は、長崎で発行されているカトリックの雑誌「聖母の騎士」二〇一一年三月号に掲載された森内の連載エッセイの、こんな冒頭部分の引用から始まる。

十年か、十四、五年まえになろうか。四国徳島県鳴門市大谷を訪ねた。ここは大谷焼で知られている陶器の里である。のどかな駅舎を出ると、駅前はいちめんに梨畑になっていて、白い清楚な花が満開だった。宮廷の官女がつどうているようだった。梨畑沿いの路には、地卵の自動販売機が立っている。後宮警護の宦官《かんがん》か、と思えた……。

六十三歳で他界した森浩をしのぶエッセイだが、大谷を再び訪ねた「わたし」は、阿波大谷駅には駅舎も改札口もなく、梨畑もどこにもないことに気づく。〈愛惜のあまり、まるで勝手な風景をつくりあげてしまっていた〉のである。
それが判明したのは、母と義母が相次いで亡くなったことがきっかけだった。母は百歳で亡くなり、義母はその二日後、九十二歳で他界した。義母の通夜の日から徳島に滞在している「わたし」は、多忙を極めるうち、時間を忘れたくなって大谷行きを決めた。森に呼ばれたような気がしたのだ。そうして、〈夢か桃源郷のように〉懐かしい大谷を再訪した日のことがつづられていく。

「わたし」は徳島駅からディーゼルカーで阿波大谷駅へ向かう。その間に、「わたし」の記憶を呼び覚ます場所が幾つも登場する。まず眉山と城山である。

徳島駅は正面前方に美しい眉山を望み、背後に緑豊かな城山を背負って、いっとき、真昼にくつろいでいた。タクシー待ち場では、車がつらなって、まばゆい陽光をはねかえしていた。まだ来ぬ八月、阿波踊りの潮騒に、耳をかたむけているようだった。（中略）

改札口を抜けると、ホームに城山が迫っていた。わたしは、汽車が発着して城山が煙に包まれる時代から、ここになじんでいる。わたしは、この駅から出発して、短くはない歳月を経て、現在にいたり着いた。父母がまず、ここから旅立っている。ようするに、わたしのなにもかもが、ここを起点としている。

〈汽車が発着して城山が煙に包まれる時代〉とは、蒸気機関車が走っていた時代であり、大阪から徳島に疎開して空襲を体験した八歳のころを指す。そして、〈わたしのなにもかもが、ここを起点としている〉、つまり森内の人生と文学の原点がここにある、というのである。

勝瑞駅を過ぎたときには、〈父は少年時代に大阪へ出て苦学、努力し、船場の織物商人として、立志伝中の人となった〉と、板野郡藍住町勝瑞生まれの父を回想する。父の享年に達した八十一歳のときのエッセイ「父の記憶」（『一日の光　あるいは小石の影』所収）によると、父は商人でありながら愛想笑いをしたことがなく、〈質実温厚そのもの〉で、〈この歳になっても亡き父を恋うる心がある〉という。
汽車はやがて阿波大谷駅に着き、梨畑がどこにもないことに気づいた「わたし」は、梨畑を探すうちに、亡くなったばかりの義母を思い出す。義母は、女学生時代は水泳の選手で、やがて外国航路の船長と結婚、茶道と華道に精進して生涯をまっとうした。〈九十二歳の今年も、京都裏千家のお家元へ初釜に出かけようとして、着物をみつくろい、試着をしていて倒れた〉のだった。森内はそんな義母を〈幸福なひとであった〉と言い、こう記す。

永遠なる今日、生死を離れて、そのとき、そのときが一切である。つまり、一期一会ということになる。義母はそのように生きたひとだった。わたしとて今からでも遅くはない。その心を学びたく思う。

続いて「わたし」は森浩の工房を訪ねる。中庭には巨大な登り窯があり、初めて会ったころの森は、〈水の点滴の反響音が、悠久幽寂の境地をかもしだす〉水琴窟を創案してもいた。広々とした作業場に、森が使っていた轆轤《ろくろ》座が空席のまま残されているのを見て、「わたし」は胸が痛くなる。
帰り道、駅舎も改札口もない阿波大谷駅のホームに立つと、壮大な展望が開けていた。はるか前方には眉山も見えた。「わたし」は、徳島大空襲の火を一緒に逃れ、百歳で亡くなったばかりの母と七十歳で他界した兄のことを考える。

眉山を遠望しながら、逝った母を思った。気性、感情の起伏が激しいひとだった。そのような性格のひとは長生きが困難なものであるが、計数に明るく、理知的で、平常心を崩さなかった父より長命した。空襲に遭った大阪のとき、徳島のおりにも、母のすぐれた直感と判断に導かれて生き延びている。同じものが百歳もの生涯をまっとうさせた。（中略）
わたしは自分の兄が満七十一歳となるに一カ月およばず死んだとき、とうとう、かの日の火に追いつかれたのだ、と思うことにした。兄が生きていれば、今年は喜の字の祝いである。それを思うと、残念である。

〈かの日の火〉とは、言うまでもなく徳島大空襲の火である。戦後六十年以上がたっても、兄の死を徳島大空襲と結び付けて語っている。それほどまでに、徳島での空襲体験は森内の人生に深く根を下ろしていたのである。
「わたし」はさらに阿波大谷駅のホームから眉山を眺めながら、こんな感慨を抱く。

遠くに見える眉山は、悲しみ悩むものに幸いなる山である。喜ぶものにもなおさら幸いをことほぐ山である。わずか、三百メートルにたりない山であるが、街の人たちは、この山への雲のかかりようを見て、今日明日の空模様を占う。（中略）
朝と夜の八時、街にはチャイムが鳴り渡る。市役所が流しているのだが、シロフォンのようにきこえる。だが、実際は和琴で、三木稔氏の作曲である。演奏は野坂恵子氏。琴と云うと湿度の高い日本的情緒の悲哀を感じさせるが、これは大樹の木肌が匂い立つ、かの万葉集を彷彿とさせる。たとえば、のどやかな呼びかけ「籠《こ》もよ　み籠《こ》持ち　掘串《ふくし》もよ　み掘串《ぶくし》持ち　この岳《をか》に　菜摘《つ》ます児　家聞かな　名告《の》らさね……」と云ったふうな曲想である。わたしはここで、妻と出会えてよかった。もはや、金婚式が近い。

「梨の花咲く町で」には、それまでの鋭敏な感性に彩られた暗鬱な作品とは違って、穏やかな人生の時間がゆったりと流れている。小説「眉山」から三十八年の時を経て、あらためて眉山への思いをつづった、「眉山」と対を成す作品と言っていいだろう。
眉山に逃げ込み、ともに空襲を生き延びた母も兄も、もうこの世にはいない。徳島市の眉山と、それを眺める鳴門市との距離の隔たりが、長い時間の経過を物語ってもいる。
小説はこう結ばれる。

白と青に塗り分けられたジーゼルカーが、西日に照らされながら近づいてきた。まっすぐな単線レールを滑るようにやって来る。

わたしは、ふと、振り返った。

眼下に梨畑がひろがり、白い花が一面に咲いている。

これで、わたしは「聖母の騎士」の原稿について悩むことはない。訂正の必要はない。どこまでもしんじつ一面の梨畑である。それは氷花のようだった。ダイヤモンドダストに似たものが舞い降っている。ただ、狂え、とばかり舞っている。どこかで水琴窟が鳴っていた。

車輛のドアが開き、それはかしこへ、かなたの眉山へとわたしをいざなっている。誰も乗らなければ、だれも降りない。


幻想的で、高揚感に満ちたこの結びは、森内の文章の中でも際立って美しいものの一つである。〈かなたの眉山へとわたしをいざなっている〉。徳島大空襲と〝救いの山〟眉山が森内の人生と文学の原点となったことが、この一節からも読み取れるのである。

瀬戸内寂聴——敗戦からの出発

第1章　徳島大空襲と母の喪失

黒のワンピース

瀬戸内寂聴は徳島大空襲のあった日、中国の大学で日本語を教えていた夫と、一歳になるかならないかの娘とともに北京にいた。日本各地が空襲に見舞われ、甚大な被害が出ていることは、現地の日本兵が見せてくれた内地の被災地図で知っていた。だが、戦況の悪化に伴い、日本からの郵便物が届かなくなっていたこともあって、故郷の町がどんな状態になっているのか知る由もなかった。

知ったのは、日本の敗戦から一年後の一九四六年八月、親子三人で着のみ着のまま北京から引き揚げ、徳島駅にたどり着いたときである。瀬戸内はそのときの衝撃を自伝小説『いずこより』につづっている。

徳島に着いた時、バラック建の駅のすぐ目の前に迫っている眉山の近さに、私たちは立ちすくんでしまった。駅から眉山まで高い建物というのは何もなく、まるで押しつぶしたようなバラックの小舎《こや》が駅前広場の四囲をぐるりととりまいている。噂に聞く闇市というのだろうか。その向うに、眉山は、手の届きそうな間近さで横たわっている。そのなだらかな山の優しい形が、あまりに昔のままなので、町の無残な焼土が一きわ目に突きささってくる。

〈これが徳島……これがふるさと……〉。すっかり変わり果てた徳島駅前の風景を目の当たりにして、「私」は呆然とする。だが、「私」を待ち受けていたのは、それだけではなかった。小学校の同級生の澄ちゃんから突然、「はあちゃん、じゃないん」と子供のころの愛称（本名・晴美）で呼び止められ、こう告げられたのだ。

「はあちゃんのおかあさん、気の毒なことやったなあ」。「えっ」と聞き返す「私」に、澄ちゃんが言う。

「あら、まだしらんの、あんたんとこのおかあさんなあ、防空壕で焼け死なれたんじょ、おじいさんといっしょに」

〈私は絶句して棒立ちに立ちすくんだ〉と瀬戸内は書いている。

母は享年五十歳、瀬戸内はこのとき二十三歳だった。一緒に焼死した「おじいさん」とは母の実父である。

徳島駅前に自転車で迎えに来た姉からは、「私」の家も夫の家も、ともに空襲で焼けてしまったと聞かされる。姉の夫はシベリアに抑留されたまま、消息不明になっていた。

親子三人はその日から、焼け跡に父と姉が自力で建てた家に居候することになった。

その家で、孫の「理子《みちこ》」を抱きとった父が「おばあちゃんが、どない理子を見たがっとったか」と言ったが、「私」は涙も出なかった。祖父とともに位牌になった母を見ても実感が湧かず、その死を信じることができなかったのだ。

『寂聴自伝　花ひらく足あと』やエッセイ「母と娘の宿縁」（『風のたより』所収）によると、瀬戸内が初めて涙を流したのは、母の荷物の中身を目にしたときだった。

> 疎開させてあった荷物の中には、二人のおいや私の娘の、幼稚園の服とか、一年生の靴とランドセルなどと、母の字で書いた荷物が出てきた。どれも、ステープルファイバーや、豚革で作られていた。それを見た時、私は故国に帰ってはじめて、声を放って号泣した。
>
> （『寂聴自伝　花ひらく足あと』）

あるいはまた、野間文芸賞を受賞した自伝的連作小説『場所』の中の一編で、焼死した母と祖父の思い出をつづった「多々羅川」には、こうある。

焼けた母の背中は、材木が焼けたように真黒になっていたが、祖父に掩《おお》いかぶさっていたので、腹の方が白かったと叔母が話した時、私ははじめて全身に震えが走り、涙があふれた。

どちらの「はじめて」が本当か、などと問う必要はない。いずれの文章からも、愛する母を亡くした瀬戸内の悲しみ、深い喪失感がひしひしと伝わってくる。

それにしても、なぜ母と祖父は防空壕の中で焼死したのか。これについては推測の域を出ず、謎として残された。なぜなら、この日の町内の空襲の死者は数えるほどしかなく、それも身寄りのない老人か、自力では歩けない病人がほとんどで、〈母のようにまだ五十になるかならずの健康体で死んだ者は一人もいなかった〉(『いずこより』)からだ。

「私」が父から聞いた、母と祖父の焼死のいきさつはこうだ。

その日は祖父が家に来ていて、腹痛を訴えたので、母は祖父を奥の間に寝かせた。空襲警報が鳴り、町内の警防のために家を飛び出した父は、母と祖父が避難所の瑞巌寺境内に逃げ込んだものとばかり思っていた。ところが、父が最後に自分の家の防空壕を覗くと、煙に巻かれた壕の奥に人のうごめく気配があった。

「阿呆、おいっ、出てこい」

父は夢中で煙の中に飛びこんでいった。母が煙にむせながら、返事をかえした。

「あんたこそ、早う逃げて。子供たちたのみます」

次の瞬間、父は思いがけない力で母につきとばされていた。父の軀が壕の外へとびだしたとたん、二人の間に焔の束がなだれこみさえぎった。

（『いずこより』）

町内の人々によると、父はその後、膝を抱えて瑞巌寺の石段に呆《ほう》けたように座り込んでいた。そして、母を見捨てたとして、一九五〇年に亡くなるまで人々から非難され続けたという。

しかし、と「私」は考える。〈父が母を見殺しにしたのではなく、母はその時、自分で死を選びとったのだと思っている〉（『いずこより』）と。その思いは、年を経るほど「私」の中で確固たるものになっていった。なぜかといえば、母はそれまでも〈こんな小さな田舎町に空襲があるようになれば、日本もお終《しま》いだ〉（『同』）とよく言っていたからだ。

「私」は父と二人きりになったとき、母の死について尋ねてみた。

「あの頃、おかあさんは薬はもっていなかったんですか」

「ふむ、婦人会の方で女たちに青酸カリを配給しよって、たしか年中肌身はなさず持っておった筈《はず》じゃ」

「それ、きっとのんでいたでしょうね」

「わしもそうは思っている」

ふたりはそれだけの会話で充分通じあうものがあった。どんなむごたらしい死様と人の目に映っていても、青酸カリで、焼かれる前に母の意識がなくなっていただろうと思う時、一種の気なぐさめがあるのだった。（『同』）

自伝小説『いずこより』は、夜の闇にほの白く光る線路の上を、「私」を背負った母が深い溜息を漏らしながら歩くという幼時の記憶から始まる。

人生というものが、決して華やかな陽の照る大道を歩くことではなく、闇に近い暗さの中を、うなだれて、とぼとぼとたどっていく果しない道のりだということを、母はその生涯の経験の中から、子供に肌で教えこんでいったのかもしれない。（中略）
後になって、あの道の母の背で味った凍りつくような淋しさと怖ろしさが忘れられないと母に話した時、母は、はっと顎を引き、あの時は辛いことがあって、死のうかと思いつめ、夢中で私を背にくくりつけて家をぬけだし、歩いていたのだという。

瀬戸内のこうした幼時の記憶も、防空壕での母の焼死を自殺とする考えにつながったのではないだろうか。

一方、「多々羅川」では、母親の焼死にまつわる叔母の話が紹介されている。叔母は、声を潜めるようにしてこう言った。


「おかあさんな、自分で縫ったデシンの黒のワンピースその晩着とったんよ、もんぺもつけずに。それで出られんかったのかしらん」

愛国婦人会の町内会長をしていた母が、そんな姿で逃げ出すことは出来ず焼け死んだというのも、何か私の気持をなだめるものがあった。

町でいち早くパーマネントをかけた時、髪を結う時間が節約出来ると理屈をつけていたが、要するにおしゃれだったのだ。白いエプロンに、婦人会の襷《たすき》をかけたり、もんぺ姿でいるのは、腹の中では嫌がっていたのだろう。


当時は、「ぜいたくは敵だ」と戦時標語に謳《うた》われたように、女性がパーマをかけたり、おしゃれな格好をしたりすることが著しく制限されていた。米軍に捕まり、凌辱されるくらいなら死を選べ、と女性には青酸カリが配られてもいた。そんな時代の強制的な空気が、黒いワンピース姿の母親に、一瞬、防空壕から出ることをためらわせ、死に至らしめたとしても何の不思議もないだろう。

だが、瀬戸内は〈母は一種の自殺だと思った〉と、エッセイ「母と娘の宿縁」にも書いている。

逃げれば逃げられたのに、母は逃げなかったのだ。祖父もたまたま、隠居している田舎から母のところへ遊びに来ていて、軽い病気になり寝ていたけれど、逃げるのが不可能なほどの重病人ではなかった。なぜか、祖父も逃げなかった。(中略)

どんな会話の後に、この親子は自殺を選びとったのかわからない。

父は、この晩母が防空服をつけていず、仕立てたばかりの黒のデシンのワンピースを着たまま、防空壕に入っていたと私に語った。

母は国防婦人会の町会長をしていたから、そんな姿で空襲の町に飛びだすことは出来なかっただろう。しかし、生きるか死ぬかの瀬戸際で、みなりのために命を捨てる方を選ぶ人間がいるだろうか。

瀬戸内は、徳島のような田舎町にも空襲があったときは日本も終わりだという母の口癖だけでなく、四十を過ぎてからの夫のふとした浮気を許すことができず、〈死ぬほど苦しんでいた〉ことも、「母と娘の宿縁」の中で明かしている。

母はなぜ防空壕で焼死したのか、その真相は不明である。だが、瀬戸内がこの母を深く愛していたことだけは、〈夫の家を出る時、出家する時、私は強く母を思い出した〉（同）という一節を見ても明らかだ。

やまもも

「母と娘の宿縁」によると、瀬戸内の母コハルは、徳島市丈六町で代々庄屋を務めていた農家の五人きょうだいの長女に生まれた。当時の女性には珍しく高等小学校に通い、家に帰れば貸本を読みふけるような少女だったという。祖父が田畑を売り払い、町に出て米屋を開業すると、コハルは店の客に見初《みそ》められ、本を貸してもらったりしていた。父と結婚していなければ、たぶん東京で暮らしていただろうと漏らしたこともあったようだ。

瀬戸内の父・豊吉の実家は、香川県で和三盆糖を製造する古い家柄だったが、生まれてまもなく没落したため、小学校を出ると徳島市の指物職人に奉公に出された。年季が明け、小さな仕事場と弟子一人を持つようになったころ、母方の伯母の世話でコハルとの縁談がまとまったという。

コハルはお嬢さん育ちのおっとりした性格で、嫁ぐまで経済的苦労を知らずに育った。一方、嫁ぎ先は箸と茶碗しかないような貧乏暮らしで、三人、五人と増える食べ盛りの弟子たちの胃袋を満たすために、やりくり算段をしなければならなかった。

豊吉は小さな神棚から机やタンス、まな板まで何でも作っていた。ウナギの寝床のような細長い家の三分の二が仕事場で、その奥の部屋で瀬戸内は生まれた。そのころには弟子も十四、五人に増えていて、母は女中と二人で、台所仕事から洗濯、店番、二人の子育てまでこなさなければならなかった。

そのため、瀬戸内は物心がついて以来、働く母の姿しか見ていないという。母の背中に話しかけても、「うん、うん、わかった、あっちへいって遊んでおいで」と追い払われ、世間の母親のように子供を抱きしめたり、頰ずりしたりするようなこともまったくなかった。

子供が何か気に入らないことをすると、情けなさそうな顔をして「おかあさんは、そんなことをする子供は産んだ覚えがない」と言う。〈そう突き放されると、大きな声でどなられるより子供心に淋しく辛かったのを覚えている〉（「母と娘の宿縁」）。父も子供の教育では放任主義だった。

瀬戸内は、母からしつけらしいしつけを受けたこともなく、〈母は子供を最初から一個の人格を持った人間として対等に扱っていたように思う〉（「同」）と書いている。

そうした教育のせいか、あるいは母が多忙だったせいか、瀬戸内は一人で幼稚園に入園しに行った。大人の足で十五分かかる幼稚園に出かけ、園長に「入れて下さい」と言ったというのだ。姉が同じ敷地にある小学校の五年生だったこともあり、園長は瀬戸内の入園を認めた。帰りは、はかま姿の幼稚園の先生に手を引かれ、家まで送り届けられたそうだ。

母は父に「何をするかわからん子だ」と言ったが、このときも母に叱られることはなかった。学校の成績も良かった瀬戸内だが、母や父にほめられたことは一度もなかった。

小学校に上った頃から、母が二言めに私にいったことばは、

「増長したらいかん」

ということだった。増長の意味がわからないまま、何度もそれをいわれているうち、私は家では絶対、自分の得意さをひけらかせてはいけないのだと感じるようになった。

「ちょっとくらい学校が出来たって、人間ちっともえらいことないんよ。嘘をつかん、心のきれいな、思いやりのある人がえらいんよ」

母に教えられたことはそれくらいではなかっただろうか。


（「母と娘の宿縁」）


母のそんな思い出をつづったエッセイを、瀬戸内は幾つも書いている。「やまもも」（『嵯峨野日記（下）』所収）もその一つだ。母の三十三回忌の年に書かれたもので、母への哀惜がしみじみと胸を浸す好エッセイである。

ここでも、母が商家の妻として息つく暇もないくらい働いていたこと、そのため一緒に買い物や遊山に出かけた思い出がないことなどが語られる。

女子大にゆく十八の年まで、母と一緒に暮したが、掃除の仕方や料理なども、躾《しつ》けてもらったこともない。そんなことは頭さえよければ、本を見れば出来る。それより学問をしてお

いた方が女だってきっと将来役に立つというのが、母のいいぐさであった。今から思えば、母は掃除や料理が本質的に苦手であったように思う。母は田舎の高等小学校しか出ていないし、父は小学校四年しか出ていない。それでいて、私は両親の頭の良さにいつでも感服しきっていた。学歴のない両親を教養がないと感じたことはなかった。

それでも母は、商家の妻となったことに、死ぬまで一種の悔をかくしていたようで、私が女子大に入ることを誰よりも喜んだ。受験のため、生れてはじめて上京する私について、母もまた生れてはじめて上京し、二人で東京駅の丸の内側の広場でうろうろしたことを思いだす。

エッセイ「母の思い出」(『愛と祈りを』所収)によると、瀬戸内が女子大に進学したいと言ったとき、真っ先に賛成してくれたのも母だった。瀬戸内が通っていた県立徳島高等女学校の一学年二百人のうち大学進学者は数人程度で、女が大学なんか行くと嫁のもらい手がなくなるなどと言われた時代だった。だが、瀬戸内の母は違った。〈いつ、どんな世の中になるかわからない。人間の運命も、どうなるかわからない。どんな時が来ても、女がひとりで経済的に自立出来る力をつけておくことが必要だ。結婚が女のすべてではないのだから〉(「同」)というのが母の持論だった。

戦後、瀬戸内が夫と子供を残して家を出、そのことで世間の批判を浴びながらも作家として自立した生き方を貫いたのは、子供のころからのこの母の影響が大きかったのではないだろうか。瀬戸内が亡くなった母を思い出すようになったのは、五十一歳で出家して、朝夕、亡き人の菩提を弔うようになってから、という。

今となっては、全く母を思いだすことのなかった歳月も、母は常に私の上につきそってくれたような気がしてくる。なぜなら、私は、自分が行動する時や、迷う時、いつも自分に正直であるよう、他人に迷惑をかけないよう、自分の行為やことばには責任を持つよう、生きてきたからだ。それらは、母と暮していた頃、母が、私に常に望んでいたことであったからだ。

母は、ことばでそれをいいきかすより、自分の生き方で、子供にそれを示したような気がする。

（「同」）

その母から一個の人格として対等に扱われたことについては、「やまもも」にも書いている。

子供のくせにとか子供らしくとか女らしくとかいうことばは母から聞いたことがない。そんなことは、人のすることではないという大上段の叱り方をされた。人間として恥しくないかというのが、母の叱言の口癖であった。

瀬戸内は、そんな母とけんかをしたことがある。小学三年生の春の遠足の前夜だった。母が遠足までに編んでおいてあげると言っていた毛糸の帽子が、手つかずのままになっていた。子供に嘘をつくことを戒めていた母に「私」は、「おかあさんの嘘つき」「子供に嘘つくのは人間として恥しいことととちゃうん?」と鬼の首でも取ったように責めた。すると、母は顔を赤らめて黙り込んだ。母にしてみれば、店が忙しくて帽子を編む暇がなかったのだ。

ところが、翌朝目が覚めると、リュックの上に、ピンクのかわいい毛糸のボンボンが二つついた帽子が載っていたのである。台所にいた母の目は充血していて、昨夜は一睡もしていないことが察せられた。母は「嘘つきやった? おかあさん」と言い、「私」の背中をポンと叩いた。〈私は母に人間として対等に扱われたことを感じて、すまないと思うより、何となく誇らしくなったことを覚えている〉と瀬戸内は書いている。

タイトルのやまももは、エッセイの終盤に登場する。母の三十三回忌に帰郷した瀬戸内に、姉がやまももをガラス鉢に盛って出してくれたのである。

やまももは母の好物で、空襲の夜にも母がやまももを食べたことを、姉は父から聞かされていた。〈母の生家は山にやまももの大きな木がたくさんあったので、母にはやまももが格別なつかしかったのかもしれない〉と瀬戸内は言う。東京女子大時代に、母が塩の中にやまももを詰めて寮に送ってくれたこともあった。

やまももは、赤黒く色づいた小さな実が甘酸っぱい梅雨時の果実である。徳島の特産品で、県の木に指定されてもいる。母が塩の中にやまももを詰めて送ったのは、傷みやすく、日持ちがしないからだ。

瀬戸内が姉と二人でやまももを食べる場面がいい。

私は姉と、紫紅色に色づいた大粒のやまももをつまみだしては甘いと舌つづみをうち、真赤な実には、おおすっぱいと声をあげ、その度、互いに母を思いだしていた。

母が好きだったやまももを、瀬戸内は法要の際に母の写真の前に供えてお経をあげた。そして、その年、三十三回忌を迎えたのは母だけではないことにも思いを致すのである。

終戦のあの年、戦場で、海で、長崎で、広島で、日本の全国のさまざまな町で、どれだけ多くの人々が戦災死していることだろう。

子供を、夫を、婚約者を、愛人を、兄を、弟を、戦場で殺された人々の胸のうちも、無抵抗のまま肉親を焼き殺された国内の非戦闘員の遺族の胸のうちも、等しく三十三回忌の夏を迎えて、新たな痛憤にかきむしられていることだろう。有縁無縁の戦災死万霊《ばんれい》の頓証菩提《とんしょうぼだい》を心から祈らずにはいられない。

日本の敗戦、北京からの引き揚げ、徳島大空襲による母の喪失——。そうした一連の出来事が、瀬戸内の戦後の作家活動や反戦活動の原点となったことは微塵も疑う余地がない。

忠君愛国少女

瀬戸内に「白い手袋の記憶」（『白い手袋の記憶』所収）と題された短編小説がある。一九五七年に「女子大生・曲愛玲《チュイアイリン》」（『同』所収）で新潮社同人雑誌賞を受賞し、作家デビューを果たす直前に、不倫関係にあった小田仁二郎主宰の同人誌「Z」に発表した作品である。当時、女性の間で流行した白い手袋を通して、その清潔なイメージとは裏腹の、戦前・戦中の忌まわしい記憶を呼び起こしたものだ。「エッセイふうに」という副題がついているので、自伝的な作品とみていいだろう。

小学生のときのことである。

卒業式、入学式、進級式、地久節、天長節……それらの式は、わたしにとって、白い手袋の記憶にはじまり、白い手袋の記憶でとじられた。

白い手袋をはめた十本の指が、講堂壇上の正面の檜の開き戸にかかった瞬間、わたしたちは長い最敬礼を強いられる。上気した顔をあげてみると、あけはなされた開き戸の、紫の幕のかげから、くもった鏡のように、にぶく光る御真影が見下している。

白い手袋の手が、桐の箱のふたをとり、にんじゅつの巻きもののようなものを、うやうやしくおしいただく。

ふたたび、こんどこそ無限に長いように思われる最敬礼の号令がかかる。意味もわからない、お経のような教育勅語がえんえんとつづく間、上体をおりまげ、床をみつめていなければならない退屈と苦痛は、小学一年生や二年生の小さいからだと幼い神経には、たえがたい、ごうもんであった。


そんなある日、「わたし」は急病で休んだ担任の女性教師に代わって校長先生の授業を受けた。「みなさん、神さまって何ですか？　知ってるひと、手をあげてごらん」と校長が尋ねる。さまざまな答えが子供の口をついて出る。「天神さまです」「八幡さまです」「イエスさまです」「おてんとさまです」「おむっつぁんです」。「おむっつぁん」とは、町なかにほこらのある伝説の女狸おむつ大明神のことである。

そんな答えを笑顔でうなずきながら聞いていた校長の手が、突然、「わたし」に向かって突き付けられた。

「はい、いってごらん。神さまってなんですか?」

ばね仕掛のようにとび上ったわたしは、

「テンノウヘイカです」

と反射的に答えていた。

いったとたん、わたしはまっ赤になり、泣きだしそうになった。

校長先生のはだかの手が、白い手袋を連想させ――その白い手袋が、紫の幕のかげに、にぶく光る御真影をよびおこしたのだ。

神仏具商を営む「わたし」の家では、神さまは商品の一部であり、中でももっとも大切に扱われていたのが小学校に納める御真影奉安殿だった。父が設計して作った奉安殿は総ひのき、赤銅葺《ぶ》きで、それが父の誇りになっていた。「わたし」の小学校にあるようなコンクリート製の奉安殿は、父にはもってのほかだった。

校長先生から「神さまってなんですか?」と突然尋ねられて、「テンノウヘイカです」と答えたのは、頭の中にさまざまな神さまが同居していて、〈最後にいい残されたのが、テンノウヘイカであったにすぎない〉。それなのに、「わたし」は〈口にだしたとたん、おそれと心配でふるえあがった〉のだ。

えらい校長先生が、白い手袋をつけ、あんなにも、うやうやしく敬意を表し、わたしたちが、あんなにも苦しいおじぎを長々と強いられる、その尊いものを口にした怖ろしさであった。

気がつくと、わたしのそばに、校長先生が立っていた。思いがけないことには、校長先生はいっそうにこにこした顔で、わたしの頭をなでていた。

白い手袋をはめない、ひどく大きな厚い掌のなかに、わたしのおかっぱは、ひとにぎりほどで入ってしまいそうなのだ。

「いいお答ができました。だれに教えてもらいましたか?」

わたしは、事の意外にぼうぜんとなり、罪人のようにちぢこまった。

――あなたの白い手袋に……。

と正直に答えないほうがいいと、なにかがわたしにささやいていた。

このとき、校長に頭をなでられたことが、「わたし」を生真面目な優等生に仕立て上げてしまう。県視学(教育行政官)や他県の偉い人たちが参観に来るたびに「わたし」は立たされ、教育勅語を暗誦させられたのである。

県立徳島高等女学校に入っても、〈一にも二にも教育勅語一点ばりであった〉。英霊をまつる護国神社が城山に建てられたときには、授業を休んで砂利運びの奉仕作業をした。

瀬戸内は読書好きで、小学生のころから家にあった職人用の雑誌で菊池寛や吉川英治の連載小説を手当たり次第に読んだり、姉の担任の家の書棚に並んでいた新潮社の世界文学全集でモーパッサンの『女の一生』やフローベルの『ボヴァリー夫人』、トルストイの『復活』などを読んだりしていた。女学校に入ってからも『源氏物語』や近松、西鶴などの古典文学に親しんだ。

そんなふうに、よく読書をする女学生であったからか、あるいは東京女子大への進学が決まっていたからか、「わたし」は卒業前に学年主任に呼ばれて、こう尋ねられる。

「きみは、アカの本をみているのではないか?」。きょとんとする「わたし」に、老英語教師がたたみかける。「アカの本など読むのは、破滅のもとだよ。東京の学校へいくそうだが、それより、早く嫁にいくのが、女の幸せだよ」。「アカの本って、どういうものですか?」と聞く「わたし」に、教師は言う。「いや、みないならいいのだ。そんなものは知らんほうがいい。不忠な、人間の屑になるだけだ」(「白い手袋の記憶」)。

そんなやり取りをした女学校時代を振り返り、瀬戸内は書く。


戦争は、わたしの成長過程にとって、太陽と同じく、一日も顔をみせない日はなかった。

わたしの受けてきた教育は、軍国主義でぬりつぶされていた。

わたしたちは、真実から目を掩われ、盲目教育をうけた。物を考える訓練はいっさいさずけられない教育をほどこされた。（「同」）

『いずこより』には、〈戦争はもう、私の物心ついた頃、日常生活の中に浸み通っていて、戦時とか、非常時とかいうことばは聞き馴れすぎていて、それが私たちにとっては常態なのであった〉とある。物資を確保するため、冬でも靴下を履かない決まりになり、国家の宝を産むべき女学生が不妊症になったらどうするのか、と父兄からの抗議が舞い込んだりした挙げ句、靴下に代わって軍足を履くことになった。また、週に一度、昼の弁当にはお菜なしのゴマ塩デーが設けられた。授業中に弾除けのお守りになる千人針が回ってくると、授業を中断して、みんなで木綿の布に赤糸の玉を縫い付ける作業に取りかかったりした。

そんなことがあっても、戦争が日常だったから、暗くなったり、いじけたりすることはなかった、と瀬戸内は言う。むしろ、戦勝の知らせがあるたびに、無邪気に小躍りし、旗行列や提灯《ちょうちん》行列に喜んで参加した。勤労作業の名目で授業代わりに行われる軍服のボタン付けや真綿のチョッキづくりも、おしゃべりをしながら楽しんだ。

〈そのどれもが戦争につながっていたが、そのどれからも私たちは青春や、学生生活を侵害されているとは思わなかった〉（『いずこより』）し、〈当時の私はただひたすら、忠君愛国的な模範優等生であった〉（『同』）のだ。

『寂聴自伝　花ひらく足あと』などには、女学校が軍隊式に編成され、大隊、中隊、小隊と呼ぶようになった、と書かれている。「勝ってくるぞと勇ましく」などという軍歌に足並みをそろえて行進し、大隊長の瀬戸内は、台の上に立って全校生徒に号令をかける役をさせられた。

男の先生が一人、二人と出征していくのを見送ったこともあった。

そんな状況にあっても「私」は、〈日本が戦っている戦争に対して、一度も疑ったことがなかった〉（『いずこより』）という。〈政府の発表する戦果もその通り鵜《う》のみにして喜んでいたし、日本人が戦争に行くのは、教えられた通り、東亜の永遠の平和のための聖戦におもむくのだと信じこんでいた〉（『同』）のである。

東京女子大に進学しても、戦争に対する思いは変わらなかった。それどころか、ますます愛国的な心情に傾斜していった。

『いずこより』によると、東京女子大でも文部省の命令で学校全体が軍隊式に隊や分隊に編成され、防空演習も行われていた。とは言っても、ゲームのようにのんびりしたもので、戦争に協力的な気風はまったく感じられず、瀬戸内には〈それが何としても歯がゆかった〉。

田舎町の県立高女でスパルタ教育を受けてきた私は、いまだに日本はいざという時は神風が吹くと信じていたし、その頃は自分が男でなかったのが口惜しいと思っていた。私の憧れは海軍兵学校に入ることだった。日本人なんだから、天皇陛下が始めた戦争に征くのは男なら当然と思っていた。忠君愛国の固りのような私は、東京女子大の学生がのんびりして、戦争どこ吹く風と暮しているのが、時々猛然と腹立たしかった。

（エッセイ「私の履歴書」『人が好き――私の履歴書』所収）

『いずこより』によれば、瀬戸内は優等生だった女学校時代の反動で、女子大では授業をさぼって源氏や西鶴を読みふけったり、授業中、居眠りや編み物をしても平気な学生になっていた。作文だけは教室で読み上げられたものの、秀才ぞろいの中では自分の凡庸さを自覚させられ、小説家になりたいという小学生のころからの野心もきれいさっぱり捨てていた。

周りの学生たちは、一九四一年十二月八日の真珠湾攻撃のニュースに大騒ぎし、「凄いわね」「やったわね」と興奮しても、翌日にはのどかな学園生活に戻っていく。「私」にはそれが不満で、単調な学生生活に対する倦怠感は日増しに強まり、中退することばかり考えるようになっていた。

本科二年になったころには、学徒出陣が始まり、女子大も卒業が半年繰り上がって翌年九月に卒業することになった。

この発表があった時、私はむしろほっとした。半年くらい短くなったところでどうというわけでもないのに、私は半年でも早く、この温室から飛び出していきたいという気持を押えきれなくなっていたのだった。

（『いずこより』）

郷里で結婚話が持ち上がったのは、ちょうどそのころだ。相手は外務省留学生として北京に渡り、留学後も現地の師範大学で日本語を教えながら中国古代音楽史の研究を続けている学者の卵だった。「私」より九歳年上だが、この縁談には、学究生活に憧れていた「私」も、知的な家庭を夢見ながら商家の妻に収まり、自らの運命に不満を抱いていた母も乗り気だった。

「私」は一九四二年、三年生の夏休みに北京から帰った相手と見合いをし、翌年二月に二十歳で結婚する。しかし、「私」はそのまま大学に残り、繰り上げ卒業になった九月、迎えに来た夫とともに北京に渡った。

途中、ハネムーンのつもりでハルビンに立ち寄った。ハルビン在住の母方の叔父が妻を亡くし、残された幼児の面倒を見るため、母が現地にいたからだ。そのとき母は、もう二、三年もしたら、北京で「私」と一緒に暮らしたいと言ったという。

ハルビン駅を発つとき、「どうぞ晴美をよろしくお願いします」と母は「私」の夫に深々と頭を下げた。その母を背後から見ながら、「私」は〈こんなに小さかったか〉と驚き、急に不安になった。

母の背姿《うしろすがた》は妙に頼りなげで淋しそうに見えた。母はまだ五十になっていない筈だった。それなのにその背姿は、もっと濃い老いを感じさせた。私は母に、どこか悪くないのかと聞きたいのをがまんした。もうその時、私たちの乗る列車が入って来たし、別れのことばにしては、不吉な気がした。私はよく、学生時代、休暇の帰省をひきあげて、上京する時のような、さりげない冷淡さをつくろい、夫より早く列車に飛び乗ってしまった。ハルビン駅のプラットフォームに、ぽつんとひとり佇《た》ったまま、母はいつまでも、のび上り、のび上り、手を振りつづけていた。その姿が、母の見おさめになろうとは、私には夢にも考えられなかった。

（『同』）

第2章　作家・瀬戸内晴美の誕生

北京で迎えた敗戦

北京での住まいは、目抜き通りの王府井《ワンフーチン》から少し脇に入った三条胡同《フートン》という所にあった。かつて白系ロシア人が経営していた煉瓦造りのホテルがアパートになっていて、入居者はほとんどが日本人だった。北京師範大学で日本語を教えていた夫は社交家だったため、友人がよく遊びにきたという。急激な物価高騰に悩まされはしたが、家計は夫の給料でどうにかやりくりしていた。結婚したころは料理の本、二十二歳で娘が生まれてからは育児の本しか読まないという良妻賢母ぶりであった。

当時、北京は日本の占領下にあったが、暮らしはのどかで平穏だったようだ。

この北京の地つづきの地に、今日も血腥《ちなまぐさ》い戦争がつづけられているということが、どうしても実感として伝わって来ないのだった。私の日常は、ひたすら平和で、のどかで、家庭的に明け暮れていた。私は自分の子供が、男の子でなく女の子でよかったということを落着いて考えてみることもないほど、戦場と地つづきの土地に暮し、戦っている相手の国民の中にとりかこまれて暮しながら、戦争から無縁に暮していたのだった。（『いずこより』）

当時の写真が一枚だけ残っている。近所の中国人の女児と野外で撮った写真で、瀬戸内はまぶしい日差しを浴びながら、ふっくらとした顔に、にこやかな笑みを浮かべて編み物をしている。やがて生まれてくる赤ちゃんの服でも編んでいるのだろうか。戦争の影を微塵も感じさせない、幸せそうな雰囲気が印象的な写真である。

北京時代の写真がこの一枚しかないのは、敗戦から一年後の急な引き揚げで荷物を持ち出す余裕がなかったからだ。この一枚も敗戦から数年後に、女児の母親から送られてきたものだった。

内地からの郵便物がほとんど届かなくなっていたある日、女子大時代の友人からこんな手紙が届く。東京では少しずつ空襲が始まっていた。

あなたのいた頃の東京と、今の東京とは、同じものとも思えません。あれからまだ、一年とわずかしか経っていないというのに。もう、あなたには今の東京をどう説明していいかわかりません。

（『同』）

さらに手紙には、下関と釜山《プサン》を結ぶ関釜《かんぷ》連絡船の崑崙丸《こんろんまる》が米潜水艦に撃沈され、女子大の同級生が亡くなったと書かれていた。関釜連絡船には、撃沈される二日前に夫と一緒に乗ったばかりだった。「私」は強い衝撃を受け、そのとき初めて戦争が身近に迫るのを感じた。

さらにショッキングな出来事があった。もう来ないだろうと思っていた召集令状が、夫に届いたのである。二十二歳で出産した娘が、間もなく一歳の誕生日を迎えようとするころだった。〈一瞬茫然《ぼうぜん》とした後で、私は急に胸の中がきりきり巻きあげられるような緊張とも感動ともつかないものに充《み》されてきた〉（『同』）が、涙は出なかった。

目の前に、召集令状を見て、私はそれほどに騒ぎたたない自分の気持をみつめていた。夫が征く。当然のことなのだ。夫はまだ三十をこえたばかりだし、どこといって欠陥のない五体満足な健康体だった。（中略）

夫がもしこのまま戦死しても、仕方がないというびっくりするほど、思いきりのいいあきらめも、心のどこかに生れていた。たぶん、それは物心ついて以来、私の中にたたきこまれていた教育勅語的な忠君愛国の気持が、そんな際、あらゆる女々しい感情や、自然な人間性を上廻って、私を支配していたのだろう。（『同』）

そういえば、瀬戸内は『いずこより』の別の箇所で、〈どういうわけか、私は「死」というものにさほど恐れを抱けない。戦争中の、生命を軽視する教育法が身にしみているせいか、生命に恋々とするのは、いさぎよくない人間のような感じが〉するとも書いている。

夫が戦死しても仕方がない——そう思ったのは、当時の「私」が夫を愛していなかったからではない。事実は逆だ。それゆえに、「忠君愛国」を国民に強制した教育勅語の持つマインド・コントロール的な怖さを思わずにはいられないのである。

夫は北京の東北の端にある小さな駅から出征していった。その朝、駅に集まった出征者を見て、「私」は不安に襲われる。誰もかれも中年に達していたからだ。三十二歳の夫は、まだ若い方だった。

〈もうこんな兵隊らしからぬ人たちのよせ集めの部隊で守らなければならないほど、日本の戦線は危険になっているのだろうか〉（『同』）と「私」が不安に駆られたのも当然だろう。

瀬戸内と同じ徳島県出身の作家・富士正晴も、小説「帝国軍隊に於《お》ける学習・序」（『帝国軍隊に於ける学習・序』所収）に同様のことを書いている。

　ボロ中のボロ、兵隊としての不届者、役立たずを、第一線に送って何になるのだろう。（中略）わざわざボロの兵隊を使って第一線の戦いをするのだとは！　自分らが勅諭をおぼえず、重機関銃の分解組立てもおぼろ気であり、飯盒炊《はんごう》さんさえろくに知らない員数だけの役立たずの兵隊であることをはっきり知っているだけに、懲罰流罪的第一線出征の発想にわたしは全く浮き浮き陽気になるばかりの口あんぐりであった。こりゃあ、日本は敗けたなとわたしは思った。

　富士は一九四四年二月に三十歳で陸軍初年兵として召集され、一兵卒として中国戦線に赴いた。敵兵の死体を無数に見、死体の浮かぶ池の水で炊事をし、つらい行軍を続けるうち、精神にニヒリズムが浸み込み、四六年五月に復員しても心は冷え切ったままで、政治も思想も宗教も人間も信頼できなくなったという。そして、戦後は自分の目で見たものをはっきり書き残しておこうと、一兵卒の視点から戦争体験をつづった数々の小説を発表した。「帝国軍隊に於ける学習・序」は、そんな富士の代表作の一つである。

　瀬戸内の話に戻ろう。

出征する夫は、駅のホームで「私」から娘を抱きとり、集合の命令が出るまで離さなかった。そして、いよいよ出征のときが来た。

動き出した列車の窓に、夫は戦友に押しつぶされそうになりながらしがみつき、私たちの見えるその窓を決してゆずるまいとしている。力んだその表情が子供じみてみえ、私はふいに、はじめて夫に対していじらしさと哀しさが湧きたってきた。夫が今、この列車で運んでゆかれたくないのだと心に叫んでいることが、切実に伝わってくる。

列車がゆっくり動きだし、やがて速度を増し、見送りの私たちが口々に何か叫びながら、夢中で大きな波のようにゆれなだれた時、夫の目に涙が光ったのを私ははっきり見た。

（『いずこより』）

夫が出征すると、「私」は幼い娘を抱え、頼れる親類もまったくいない北京に一人取り残された。経済的にもたちまち困窮した。職探しに出かけるが、なかなか見つからなかったため、母が持たせてくれた嫁入り支度の着物を一枚残らず売ることに決めた。娘には残しようがなかった。無事、日本に帰れるかどうか、それすらわからなかったからだ。

しつけ糸も取らず、一度も手を通すことのなかった行李七杯分の着物は、北京で二年は暮らしていける金額になった。しかし「私」は夫が帰るまで、その金をあてにしないことにし、札束を畳の下に敷き込んで職探しを続けた。

ようやくありついた仕事は運送店の事務員だった。そして、初出勤の日、店内のラジオから流れる玉音放送で、「私」は日本の敗戦を知ることになる。


誰かが、突然、すすり泣きはじめた。それが合図のように、一せいにみんな泣き出しながら、口々にうめくように何かいいはじめた。

「どうなるんだ。これから」

「支那《しな》人にやられるぞ。復讐されるんだ」

「男は殺されるし、女は強姦される。そういうもんなんだ」

「一歩も外へ出られんのじゃないか」

「帰れるんでしょうか、内地に」

「捕虜になるんじゃないかな一人残さず」

それらの声がわあっと一時に耳の底で鳴り出すのを聞きながら、私は夢中でその部屋から飛びだしていた。

（『同』）


雨が激しく降っていた。慌てて軒下に駆け込んだ「私」は、若い兵隊に出食わす。「戦争が終ったんです」。そう言っても、兵隊はぽかんとした顔になり、信じようとしなかった。それどころか、薄気味悪そうな顔で「私」を見下ろすのだった。

夫はどうなるのだろう。どこへつれていかれるのか。私と理子は――明日から私たちは何を頼りに生きていけばいいのか、何もかもわからなくなった。日本の敗戦の場合など、私は一度も想像したことがなかったのだ。私は果して夫にもう一度めぐりあえるのだろうか。理子と故国の土をふみ、肉親に逢えるのだろうか。足もとの土が大きな口をあけてさけ、その中にのみこまれそうな目まいにおそわれてくる。

（『同』）

「私」は家まで息もつかずに走った。

門を叩くと、春寧《チュンニン》（注・十六歳の召使い）がいつものように理子を抱きかかえてのんびり門をあけてくれた。私はものもいわず、春寧の胸から理子を奪い、胸に抱きしめてはじめて大きな息をついた。

（『同』）

その日から、「私」は堅く門を閉ざし、一歩も外に出ないで過ごした。春寧には好きなようにしていいと言ったが、以前と変わらない態度で仕えてくれた。それどころか、春寧の母や祖母が食糧を持てるだけ持って「私」を見舞ってくれたのである。彼らは、困ったときはお互いさまだと言い、北京を離れるまで春寧を無給で使ってくれとまで言うのだった。

ある朝、「私」は門をこっそり開けてみた。すると、家の前にある日本軍の慰安所だった塀の壁に赤い紙がべたべたと張ってあり、そこには「仇《あだ》に報いるに恩を以《もっ》てす」といった意味の言葉が書かれていた。〈その黒い文字は、私にはじめて身のすくむような生理的な恥しさを覚えさせ〉（エッセイ「私の北京」『見出される時』所収）、〈こんな文化の根の深い国とよくも戦ってきたものだと思った〉（「私の履歴書」）という。

さらに、北京時代の瀬戸内は日本人よりも中国人とよく付き合っていたので、〈北京といえばすぐ中国人の誰彼の顔が想い浮んでくる〉（「私の北京」）と言い、こう続ける。


その誰もが私には親切にしてくれたし、優しかったし、温かであった。北京人との交渉の中で不快な目にあったことは一度もなかった。


そんな中国人とは対照的に、日本占領下の北京では、日本人は威張っていて、中国人の召使いや男の使用人に暴力を振るうこともあった。

紅楼飯店《ホンロウファンテン》で、私は華北映画に勤めている男が、肺病でやせた気の弱い老ボーイの李を、殴りつけ蹴倒し、長靴をはいた足で踏みつけ、それでも足りないのか、軍刀の鞘《さや》がこわれるのではないかと思うほど、軍刀で殴りつづけるのを目撃したことがある。その横でその男の妻は、夫の恥かしい暴力を止めようともせず、にやにや見ているだけであった。

「やめてっ、やめなさい、恥知らず、やめろっ」

私は金切声をあげて、そのまわりで地団駄踏んでわめきたてていた。赤鬼のようになって叩きつづけていた男の耳にもようやくその声が届いたのか、男は私を認めると、急に殴るのをやめ、卑屈な笑顔になっていった。

「何、こいつらは時々やきをいれてやらないと、ずるけるんですよ」（中略）

そんなふうに中国人に暴力をふるうような日本人は外にもいくらでもいた。北京へ行って、私は中国となぜ日本は戦わなければならないのかとはじめて思った。

北京の土地にしみついた歴史の重みは日本の比ではなかった。夫のまわりの中国人たちはみんな礼儀正しく優雅でつつましかった。才能や学識があればあるほどさり気なく振る舞い、それをかくそうとする。

一度朋友《ぽんゆう》になれば、自分の身をはいでも友人の為に尽す。私は何人かの中国人から、そういう真の友情を見せてもらうことが出来た。

（「私の履歴書」）

日本の敗戦後、北京には力強い軍楽隊の行進曲とともに重慶軍が凱旋してきたが、瀬戸内の周辺では敗戦時の不安は杞憂に終わった。日本人が捕虜にされることも、男が殺され、女が強姦されることもなかったのである。

『いずこより』によると、夫も敗戦から二十日余りたった九月初めに帰ってきた。急遽《きゅうきょ》、引っ越しをしなければならなくなったため、春寧には暇を出すことにし、「私」は畳の下から札束を取り出して餞別にした。そして別れのとき、一晩泣き明かして顔の腫れ上がった春寧は、涙を流す「私」の方を何度も振り返り、一度駆け戻ってきては、また振り返り振り返りしながら出て行った。

知人の家で半年近く身を潜めている間に、「私」はひどい肋膜《ろくまく》を患い、三カ月ほど寝て暮らした。そして、その間に、「私」の内部で人生を左右するほどの大きな変化が起きたのである。

> 権威や権力のはかなさ、人間の運命の頼りなさ、もっとむなしい人間と人間の結びつき。愛も情熱も、戦争という巨大な暴力の前では、何の力もなくひきさかれ、ふみ砕かれてしまう。幸い、私の夫は帰って来た。指一本失わないで帰って来た。（中略）けれども私には、夫がすでに、征く前の夫と同じ人間には見えなくなっていた。夫は短い召集の間に何も失ったわけでもなければ、何も変ったわけではなかった。ただ、私の目が自分で気づかぬ間にすっかり変ってしまっていた。私には、かつては、すべて輝き光りにみちていたものの影の部分だけが、妙に黒々と見えてくるようになっていた。何もかも虚しいという感じがつきまとった。
>
> （『いずこより』）

日本の敗戦によるショックですべてが急に色あせ、夫でさえ前とは違った人間に見え始める。それが、北京からの引き揚げ後に、夫と娘を残し、好意を抱いた夫の教え子の文学青年のもとへ瀬戸内を走らせることにもつながっていったのだろう。

〈戦争直後の、あの時期でなかったら、私は音彦（注・夫の教え子）との恋にあれだけ熱中しただろうか〉（『いずこより』）と瀬戸内は言う。戦後の混沌とした時代の空気も、瀬戸内の運命を大きく変える一因となったのである。事実、瀬戸内は二〇〇八年の第三回安吾賞（新潟市主催）受賞コメントで、「私は『堕落論』の教えるところに従って家を飛び出しました」（安吾賞ホームページ）と語っている。

坂口安吾の『堕落論』を瀬戸内に教えたのは他でもない、家を飛び出す原因になった夫の教え子の文学青年だった。自伝的小説『風景』に収められた「デスマスク」に瀬戸内は書いている。

「堕落論」は、私の聖書になった。子供の時から優等生として、ほめられてばかりできた私が、噂の女、ふしだらの女としてのレッテルをはられ、人の道、女の道の軌道を踏み外してしまったのだ。

そんな私の背を押しつづけてくれたのが、「堕落論」の力強い言葉だった。

続けて、瀬戸内は〈生きよ堕《お》ちよ〉と呼びかけた『堕落論』の次のような箇所を引用する。

戦争は終わった。特攻隊の勇士はすでに闇屋となり、未亡人はすでに新たな面影によって胸をふくらませているではないか。人間は変わりはしない。ただ人間へ戻ってきたのだ。人間は堕落する。義士も聖女も堕落する。それを防ぐことはできないし、防ぐことによって人を救うことはできない。人間は生き、人間は堕ちる。そのこと以外の中に人間を救う便利な近道はない。

戦争に負けたから堕ちるのではないのだ。人間だから堕ちるのであり、生きているから堕ちるだけだ。

日本の敗戦ですべてが色あせて見えるようになった二十代の瀬戸内は、『堕落論』で嘘偽りのない真実の言葉に出会い、夢中になって読みふけったのだろう。

戦後の混乱期に家を飛び出した女性は、瀬戸内だけではなかった。

その頃、空襲の焼け跡の小さな町から、「堕落論」など一行も目にしそうにないおとなしい妻たちが、一ヶ月のうちに二人も三人もふっと家を捨て、町から消えていくようになっていた。その誰もが、申し合わせたようにそれまでは生真面目で辛抱強い、ほめられ者の主婦たちだった。私の唐突な家出も、そうした例のひとつとして、噂と共に忘れ去られていった。
（「デスマスク」）

『いずこより』によれば、貞淑な奥さんが大学生と駆け落ちし、半年を過ぎたころ、林の中で心中しているのが発見されたという噂話もあったという。

敗戦を機に、もう一つ大きく変わったものがある。それは瀬戸内の中に、子供のころから植え付けられてきた忠君愛国の思想である。『いずこより』では、夫への見方が変わったことに続けてこう書いている。

国家の命令ひとつ、あるいは天皇の命令ひとつで虫けらのように、すべての意志を奪われ、すべての生活の根を切られ、奴隷のようにつれ去られ、生命を投げださなければならない人間の暮しというものに、どこに安住が得られるだろう。天皇のためにと、教えこまれてきた私の忠君愛国の純粋な感情は、もうなくなっていた。（中略）今の惨めな、敵国で敗戦の民として身をひそめ、病気を治す薬にも不自由し、いつ故国の土をふめるともわからず、明日の生活に何の保証もないこの不安定な暮し。こんなものが、物心ついて以来、心に刻みつけ守りつづけてきた天皇への忠誠と国家への忠義のおかえしだったのか。

激した調子が、少女時代の一途な思いを踏みにじった国家への怒りの激しさを物語る。

さらに瀬戸内は、敗戦の日の経験をつづった作家たちのエッセイ集『八月十五日と私』に、「北京、しのつくような雨が視界をさえぎっていた」と題して、こう書いている。

私はもう過去に教えこまされ信じこまされた何物をも信じまいとかたくなに心をとざしていた。教えこまされたことにあれほど無垢な信頼を寄せていたことを無知だと嘲うなら嘲われてもいいいと思った。無知な者の無垢の信頼を裏切ったものこそ呪うべきだと私は考えていた。もう自分の手で触れ、自分の皮膚で感じ、自分の目でたしかめたもの以外は信じまいと思った。

この決然たる信念こそが、戦後の瀬戸内の人生と文学の力強い出発点となったのである。

徳島への引き揚げ

敗戦後、北京では日本人の引き揚げが始まった。ところが、中国が好きだった夫が「北京に骨を埋めたい」と言いだした。「私」には反対する気力も残っておらず、中国人一家になりすまして親子三人、北京に骨を埋めるのもいいと思った。

その一方で、「私」は故郷の徳島を激しく思い出す。生家の神仏具店がある城下町の問屋通りには、家具屋、金物屋などが軒を連ね、隣の菓子屋では大粒の黒飴や抹茶入りの飴玉などが毎日大量に作られていて、いつも飴を煮る甘く重苦しい匂いが漂っていた。

そして、路地には人形廻しがやって来て、文楽人形を箱から取り出しては口三味線で浄瑠璃を語っていた。〈私の最初にふれた文学とは、浄瑠璃の文章であったといってまちがいない〉（エッセイ「わが文学の揺籃期」『人が好き――私の履歴書』所収）というほど、浄瑠璃は幼い瀬戸内の心に浸透していた。

一名箱廻しと呼ばれた流浪の人形まわしが幼い私の心にはじめて人の世には哀切な恋というものがあることを、世の中は嬉しい想いより悲しい想いの多いことを、それらをつづれば、物語が出来、嘆きの歌が生れ、人々に共感や感動を与えるということを教えたのだった。

（「わが文学の揺籃期」）

「私」は菓子屋の飴を煮る匂いや、路地を巡る人形廻しを思い出し、望郷の念を募らせていく。そして、毎日さつま芋ばかり食べている娘の排泄物がさつま芋そっくりになったのを見て、日本に帰りたいと強く思った。

その夜、「私」は夫にこう告げた。「あなたがどうしても帰らないというなら、理子をつれて、私ひとりでも帰ります」(『いずこより』)。すでに在留邦人の引き揚げ作業は完了したものとみなされ、北京郊外の引揚者のための集結村も取り壊されたと噂に聞いていた。その上、中国政府の日本人雇用名簿から夫の名が外されたこともあり、夫もやむなく帰国の意志を固めたのだった。

この間のいきさつや引き揚げの様子は、同人誌「Z」に発表した三十四歳のときの小説「塘沽《タンクー》貨物廠《しょう》」(『白い手袋の記憶』所収)に詳しく描かれている。

それによると、「私」たちは早朝、トラックに乗せられ、北京駅に程近い小さな駅前広場に運ばれた。そこからさらにアメリカの輸送船SLTが出航する塘沽まで、無蓋《むがい》の貨物列車に詰め込まれて移動した。塘沽には煉瓦造りの貨物廠があり、そこでしばらく待機して、近くの塘沽港から故国へ運ばれるという段取りになっていた。四、五日待っていれば輸送船が出航するという見通しだったが、出航の連絡はいつまでたってもやって来ない。

そんなある日、合流してきた三人の日本兵が、内地の被災地図を「私」たちに見せてくれた。徳島の町も真っ赤に塗りつぶされていて、「私」たちは底知れぬ恐怖と不安を覚えるのだった。

輸送船を待つ間、得体の知れない高熱にあえいでいた赤ん坊が死ぬという悲劇も起きた。そのくだりはなんとも哀切だ。

アツ子ちゃんと呼びかけると、無心に笑顔をつくって、小さな握りこぶしの手をぶ、ぶ、ぶと、唇にもっていった小さな面影があらわれてくる。

みかん箱ほどの小さな棺をおおう白布が夕映えの中に赤く染っていた。勇太がつくった赤ん坊の棺を、勇太と赤ん坊の父がかつぎ、母親は、泣きながら、その横にとりすがっていた。三班の者だけがその後に従った野辺送りの列は、夕陽に長い影をひいて、のろのろと森の方へ歩いていく。

夕闇がうなだれた囚人の列のように見えるその列の背後から、幕をひろげるように包みこんでいった。


(「塘沽貨物廠」)


エッセイ「母と娘の宿縁」にも同じ場面が描かれているが、そこには〈みかん箱のような小さい木の箱におさめられた赤ん坊の柩《ひつぎ》を守って、泣きながら、若い両親が去っていくのを見送り、私は娘を抱きしめて、この子を死なせてはならないと思った〉とある。引き揚げの際、〈娘だけを宝物のように抱き〉(「母と娘の宿縁」)、故郷の徳島にたどり着いたと書いているのも、この赤ん坊の死が瀬戸内の脳裏を離れなかったからだろう。

引き揚げの途中、幼い子供を手放さざるを得なかった母親もいたという満州からの引き揚げの苦難とは比べようもないが、北京からの引き揚げにも、さまざまな苦労があったことは想像に難くない。瀬戸内は『寂聴自伝　花ひらく足あと』に、〈親子三人、病気もせず、無事着のみ着のままで日本へ帰りついたということを感謝しなければならないだろう〉と書いている。

塘沽貨物廠に輸送船入港の知らせが届いたのは、塘沽に着いて一カ月以上たってからだった。娘は二歳の誕生日を迎えていた。

塘沽を出た輸送船は、長崎県の佐世保港に着いた。そのとき、甲板のデッキにしがみつき、四年ぶりに故国を目にしたときの〈激しい胸の高鳴り〉について、瀬戸内はこう記す。

樹々の緑と、浜辺の砂の白さと、海の青さが、くっきりと晴れた空を背景に浮び出ていて、それは物語りの中のこの世ならぬどこかの楽土の幻のように目に映った。私たちの故国が、こんなにも美しい姿をしていたのかと、私たちは甲板にとりすがったまま、いっせいに嘆声とためいきをもらしていた。涙を流している者も、感極ってすすり泣きの声をあげている者もあった。

「まるで竜宮のようだ」

誰かが感に耐えかねたようにいったのでみんなが笑った。しかし笑いながら誰もが同じ嘆息をもう一度もらさずにはいられなかった。海上からはるかに眺める故国のあまりの美しさとおだやかさは、それが戦争に負け、焦土にされている国だということを私たちに忘れさせていた。

（『いずこより』）

「私」たちは検疫を受け、佐世保駅から列車に乗り込む。車内は、それぞれの故郷へ向かう引揚者で身動きが取れないほどだった。窓の外には夜の闇が広がっていて、暗い海のように見える。そうこうするうちに列車が止まり、車内がざわめいた。

「広島だ、原爆のあとだ」

という囁《ささや》きが集まり、重い波音のように車内を走っていく。私も窓にしがみつき、真暗な闇の中に目を凝らす。何もない。目に映るかぎりの闇の中には、ただ荒涼とした焼野原が拡がり、目が馴れてくると、その果しもない原野に、奇妙な形の鉄骨の折れ曲ったものや、半分しかのこされていない樹々の不気味な姿が、おぼろに浮び上ってくるのだった。（中略）

「草が生えるだろうか、これで」

「ひどいことしやがるなあ」

窓硝子に顔を押しつけた人々の間から呻《うめ》きのような囁きが洩《も》れる。地獄とはこういう風景ではないかと、見つめているうちに夏だというのに軀の芯から寒さがひろがってくるようであった。これから帰って行こうとする故郷の町がどう変りはてているか、はじめてそのことへの不安と恐怖が胸に湧きおこってくる。（『同』）

広島の惨状を目の当たりにし、故郷への不安を募らせた「私」たちは、宇野から高松へ船で渡り、高徳線の列車で徳島を目指した。〈夫の老父母と、私の父母がどんなにか私たちを待っていてくれるだろう〉（『いずこより』）。そんな胸弾む思いも「私」にはあった。

だが、そうした期待もむなしく、「私」はようやくたどり着いた徳島駅前で小学校の同級生に呼び止められ、徳島大空襲で母と祖父が焼死したという衝撃的な事実を知らされたのである。

無意識の罪

瀬戸内は足掛け四年にわたる北京生活を回想した五十歳のときのエッセイ「私の北京」で〈私の人生の最初のドラマは北京から幕をあげた〉と言い、〈北京との出逢いがなかったなら、今の小説家としての自分がなかった〉とまで書いている。

また、〈中国が私の人生に重い意味を持ち、北京が私の文学の柱になっていることに気づいたのは、引揚げて離婚し、文学に頼って、生涯を生きようと新しい出発をして後のことである〉（「私の北京」）とも書いている。

これは単に、若いころ「塘沽貨物廠」や「女子大生・曲愛玲」など、北京を舞台にした小説を書いたということを意味しているのではない。北京での敗戦時に何もかもが色あせて見え、夫まで以前とは違った人間に見え始めたことや、〈もう自分の手で触れ、自分の皮膚で感じ、自分の目でたしかめたもの以外は信じまい〉（「北京、しのつくような雨が視界をさえぎっていた」）と決意したことなど、より思想的なレベルの話である。

私には北京は激しいなつかしさと同時に、深い痛みを持ってでないと思い出すことは出来ない。私は北京に四年も暮しながら、何と北京に無知だったか、それにもまして何と自分の北京に於ける存在に無知だったかも思い知らされている。私は『余白の春』で朴烈と金子文子を書き、大震災の頃の、日本人の朝鮮人虐殺の言語に絶する惨酷さを知ったし、日本政府が朝鮮をどれほど圧迫し、虐待したかという歴史的事実もつぶさに知ることが出来た。それらは私の全く知らない事であり、身に覚えのない事件ではあるけれど、私が日本人である以上、無関係だったとはいいきれないものがある。

『余白の春』を書く間じゅう、私は悲惨な朝鮮に私の住んだ中国のイメージが重ってきてならなかった。しかも私は朝鮮に対しては少くとも自分の手を汚して罪を犯していないといえるけれど、中国についていえば、少くとも占領国民としてそこに四年間も暮したという事実は、無意識の罪を犯したことになる。私は決して中国人にひどい態度をしたり、不和だったりしたことはない。しかし個人的にいくら友好的に振舞い、忘れられない中国人の友人を得たところで、中国をあれほど苦しめた日本の戦争責任に子供でもないのに全く無神経で、占領国の人間として、しかも中国人を教育する人間の妻として何の疑問も抱かず新婚生活を送っていたということは、やはり大きな罪を犯しつづけたことになると思うのだ。

（「私の北京」）

瀬戸内はここで、中国に対する自らの加害者意識をえぐり出している。戦後、瀬戸内が自覚的に反戦活動を続けてきたのも、空襲で母と祖父を失ったという被害者意識だけでなく、加害者としての罪の意識をずっと持ち続けていたからに他ならない。

無知は、罪だと、私は思う。知らなかったということはいい逃れにならない。知らされなかったということもいい逃れにならない。私は北京をもう一度見たい。外国の町を訪れる度、私は北京を思いだす。北京はヨーロッパのどの都よりも美しい都だと思いだす。
歴史の重みと悲しみと人間の悠久の夢がその町を支えていたことを思いだす。北京で逢ったなつかしい北京人のすべてを思いだす。しかし、私は北京で暮した日々の自分の無知さと無自覚と、おかれていた立場への無反省を思いだす時、とても二度とは逢えないほどの裏切りをして逃げた昔の恋人を想いだすような、激しい恥しさを味わずにはいられない。(「同」)

瀬戸内の北京への屈折した思いが、せつないほど伝わってくる。
中国に対する戦後日本の在りようを次のように批判するのも、上辺だけのものではなく、北京への深い愛情ゆえだろう。

一億総懺悔ということばが、終戦直後はやったが、もう死語のようになっている。日本は朝鮮に対しても満州に対しても中国に対しても、本気で懺悔し、犯した罪を本気で考えたことがあるのだろうか。日本の戦後のあり方を見ていて、そうとは思われない。（「同」）

二十三歳で北京から引き揚げるまで、瀬戸内の人生は常に戦争とともにあった。三・一五事件は五歳のとき、世界大恐慌は小学校入学のころ、小学三年生のときには柳条湖事件に端を発して満州事変が起き、さらに上海事変、満州国独立、日本の国際連盟脱退と続く。県立徳島高等女学校一年生のときに二・二六事件、三年生のときには盧溝橋事件が起きた。そして、東京女子大二年生のときに太平洋戦争が始まり、結婚して北京にいた二十三歳のときには、母と祖父が徳島大空襲で焼死するという悲劇に見舞われた。

瀬戸内は、そうした自分たちの世代について〈物心ついた時から「非常時」という言葉に狎《な》らされていて、長ずるにつれ非常時の密度が濃くなってゆくだけであった。（中略）非常時という戦時体制と常に共に暮しているため、その中味が日毎に増幅してゆくのに私たちは鈍感だった〉と、エッセイ「戦争と女たち」（『かきおき草子』所収）に書いている。鈍感だったゆえに若い娘たちはよく笑った、と言い、青春の喜びはなくても、それほど深刻に不幸とは感じていなかった、とも書いている。

しかし敗戦という形で長い戦争が終り、非常時から解放された後には、私たちの世代の女たちは、一人独りが、それぞれに深い戦争の傷痕を心身に刻みつけていた。愛する男も、家も財産も失っていた。

婚期を失ったまま生涯未婚で終った女たちもいれば、占領兵に犯された女も、彼等に身を売った女たちもいた。

満州で敗戦を迎えた女たちの中には、子供の目前でソ連兵に陵辱されたり、引揚げの途中で幼い子を捨ててきた母親もいた。髪を剃り、顔に煤《すす》を塗って命からがら引揚げてきた。

それから戦後二十年がたち、四十代になった瀬戸内らの世代の社会進出が、他の五十代、三十代、二十代の女たちに比べて著しく遅れていると、エッセイ「幸福の何たるかを考えるとき――戦争の中の青春をとおして」（『愛の倫理――才気ある生き方』所収）の中で指摘する。

私たちの世代より前の先輩たちは、権力と闘うことも知っていたし、国体を批判する目も持っていたし、自我の何であるかをも識っていた。それを自分の涙と血で学び取って血肉として知識化していた。（中略）

私たちの世代の女たちだけが、夫を、恋人を、兄弟を失い、必死に素直に戦争の正しさを信じて生きたすべてを裏切られ、その打撃と傷痕に虚脱してしまっていた。戦争という現実をさしひいたら、私たちには何ものこっていなかった。私たちは、一から人生をやり直さなければならなかった。二十年かかって信じこまされたものからぬけ、いろはから学び直し、ひとかどの口をきけるようになるのには、やはり二十年余の歳月を必要としたようであった。

青春も、愛する家族も、恋人も戦争に奪われた瀬戸内の世代は、しかし、ただでは起きなかった。瀬戸内は、戦中派の四十代の女のたくましさにも、次のように言及する。

私たちは今、ようやく二十の青春を迎えたと同じようなものである。天皇という幻影のために死にゆく子を産むために、恋し、結婚し、愛する者を戦場に送ることが、名誉ある女の幸福と思っていた夢を、愚かだと嘲うことは易しい。けれども、その悪夢から覚めた私たち世代の女だけが、本当の虚無の凄じさを知っているし、為政者や権力者に対する根深い憎悪と怨恨をかくしもっていることを忘れてもらいたくはない。

私たちは、幸福の何たるかを考えることもしなかった世代である。今も幸福らしい幻影に決して酔うことのできない世代である。けれども私たち四十代の、戦中派の女たちほど、生きることに対して現実的なたくましいエネルギーを底深く持っている者はいないのである。それは誰に与えられたものでも、教えられたものでもない。自分の愚かさを通して本能で摑《つか》みとった、何よりも確実な、生きる力である。

（「同」）

これは、そのまま戦後の瀬戸内にそっくり当てはまる。

瀬戸内は北京からの引き揚げ後、東京で就職した夫に従って上京するが、一九四八年、二十五歳のときに夫と三歳の娘を東京に残し、着のみ着のまま、一銭も持たずに家を飛び出した。『いずこより』によると、瀬戸内が何をしでかすかわからないという心配から、夫が現金を持たせないようにしていたのだった。

そのため、瀬戸内は女学校時代の友人の嫁ぎ先で旅費を借り、京都へ向かった。京都までの旅費しかなかったのである。

京都では女子大時代の友人の下宿に転がり込み、出版社に職を得る。そして、その友人に下着から靴まで借りて出勤した。その後、京都大学付属病院の研究室と図書室で働きながら、作家としてデビューするまでの間、少女雑誌に少女小説を書いて食いつないだ。まさに瀬戸内の言う「生きる力」そのものである。

瀬戸内のそうしたたくましさは、夫の出征後、幼い娘を抱えて北京に一人取り残され、頼るあてもなく、就職活動をしたり、着物を売ったりする中で、おのずと育まれたのかも知れない。

「戦争で犠牲になるのは、いつも女性や子供たちです」とは瀬戸内のよく口にする言葉だが、エッセイ「女の祈り」(『嵯峨野日記(下)』所収)には〈戦争責任は男だけのものではないと思う〉とも書いている。そう考えるようになったのは、朝日歌壇の入選作で「有事立法を聞いて」

という詞書《ことばがき》のある石井百代さんの短歌「徴兵は命かけても阻むべし母・祖母・おみな牢に満つるとも」に共感したのがきっかけだった。

繰りかえし読むうち、胸にせまり、みちあふれる激情が私にもあった。私は夫も肉親も戦場で死なせてはいない。戦争での一番身近な者の死は、母と祖父が徳島の防空壕の中で米軍機の空襲の夜、焼け死んだことであった。

私自身は北京で終戦を迎え、引き揚げてきたが、そうした苦労は私の世代のすべての人が味わったもので、むしろ、内地で空襲を日夜経験した人の苦労に比べれば安楽なものであっただろうと考えている。

戦争にかり出された同世代の男たちの戦場での無数の死を思う時、男でない私も戦後の生に、じくじたるものを感ぜずにはいられない。

自立の道を選んだ女性ならではの認識である。

瀬戸内はさらに、〈女たちが必死になって、命をかけ、牢につながれることを怖れず団結して愛する者を戦場へ送るまいと抵抗したら、どうなるだろう〉(「同」)と考え、〈女たちが戦さに反対して世界中の牢にみつるその時こそ、瀕死の地球がよみがえるという奇跡〉(「同」)が起きるのではないか、と夢想するのである。

第3章　戦後の反戦活動

死者の声

瀬戸内は自らの戦争体験をもとに、反戦や平和への思いをつづったエッセイを数多く残している。「死者の声」（『嵯峨野日記（下）』所収）もその一つである。これは広島で原爆三十三回忌の記念講演をしたときのことをつづったものだ。

猛暑の中、瀬戸内は花屋で花を買い、原爆記念碑に詣でる。そして、線香に火をつけ、花を供え、一人般若心経をあげて祈った。そうしなければ、被爆者が大勢いる聴衆の前に立てないと思ったからだ。そのとき、瀬戸内は北京から徳島に引き揚げる途中、夜の闇の中で広島の惨状を目の当たりにしたことを思い出し、こう書く。

広島の精霊流しの灯籠の灯は、一度沖に出て、ふたたび川に帰ってくるという。潮の満干の時間でそうなることとわかっていても、それを遺族たちは死者たちの声と聞いて、涙を流す。慰められているのは生き残った者なのである。（中略）

死者の声はつねに、私たちのまわりにみちみちている。それが聞えないのは、われわれに聞く心が失われているからである。

その死者の声が、瀬戸内の耳には、あの戦争の不幸を永久に語り継げと言っているように聞こえたという。

小説やエッセイに書くだけではない。瀬戸内は反戦・平和への思いを、講演やインタビューなど、さまざまな機会をとらえて繰り返し語っている。

インタビュー集『わたしの〈平和と戦争〉——永遠平和のためのメッセージ』（広岩近広編）では、こんな発言をしている。

残酷で大間違いの戦争でした。私は昭和一八年九月に東京女子大を繰り上げ卒業し、翌一〇月に北京に行ったのですが、その直後に学徒動員があったでしょ。あとで、その映像を見ましたけど、同じ世代の男の子が戦場に動員されていくのですから、かわいそうで、かわいそうで。あの映像を見ますと、今でも涙がでます。為政者がどんな美辞麗句を並べても、戦争は人を殺すことなのです。敗戦のとき、私の考え方は一八〇度転換しました。これからは自分で体験して、自分で考えたことを信じて生きていこうと思いましたね。自分の無知を恥じ、無知は悪だと悟りました。

改憲に関する質問には、こう答えている。

私は戦争が身に染みていますから、うかつに憲法九条を変えたらどうなるのかと危惧します。少なくとも戦後、日本が平和でこられたのは、九条のおかげですよ。誰一人として戦争で死ななかったのですからね。このことはとてもすごいことなのに、今の若い人たちは、よくわからないようですね。話しても伝えても、実感しないとわからないのでしょうか。残念なことです。（中略）

憲法改正、つまり九条改正、そして徴兵、戦争……。そういうふうなムードが生まれているようでなりません。戦前は愛国心を宣揚していたでしょ、今またそんなことを言い出しはじめたではないですか。私の体験では、戦時色が強くなっていく空気というものがあると思います。かつては軍隊が、軍部の政府が、それを演出しました。今は普通の政府ですが、戦争を知らない人たちが首相になって大臣になっていますね。その人たちは、戦争の本当の恐ろしさを知らないのですよ。

「この本は私の遺言である」と帯に書かれた九十一歳のときの発言集『それでも人は生きていく――冤罪・連合赤軍・オウム・反戦・反核』にも、同様の発言がみられる。

私が心配してるのはね、今の空気が戦時下の、ちょうど昭和十五、六年ぐらいにそっくりなんです。あなたたちマスコミが原発問題をきちんと報じたがらないようにね、そのころもだんだんだんだんメディアが本当のことを言わなくなったの。誰に遠慮するのか知らないけど、次第に書かなくなるのね。そのうち「本当のことを言うな」って命令が出るようになったらしく、それでも本当のことを言えば、牢屋行き。そういう時代にだんだんとなっていったんですよ。

その最初の段階、昭和十五、六年ぐらいが今の感じなのね。これは大変なことだと思います。このまま私たちが黙っていたら、必ずまた戦争になります。（中略）

我々は税金を払っている日本国民ですからね、権利があるんです。政治が自分たちの気に入らないことをしたら、それに対してははっきり「嫌だ」と言わなきゃいけない。言う権利がある。義務とは言えないけど、まあそれは権利ね。だからそれをもっと声に出して言っていいと思う。それに、言うだけじゃダメ。行動しないと。

断食、そしてイラク訪問

〈言うだけじゃダメ。行動しないと〉。この言葉どおり、瀬戸内はエッセイやインタビューで反戦を訴えるばかりでなく、行動でも示してきた。その一つ、湾岸戦争の即時停戦と犠牲者の冥福を祈って断食を敢行したのは一九九一年二月十八日のことである。

湾岸戦争は、イラクのクウェート侵攻をきっかけに同年一月十七日、米軍主体の多国籍軍がイラクを空爆して始まったが、そのテレビ映像と、徳島大空襲で母と祖父を失った自身の体験が二重写しになったのだった。

正義だ何だときれいごと言ったって、一皮むけば石油の利権だけじゃありませんか。フセイン（注・当時のイラク大統領）も原油を海に流したりするしね。そういうことに耐えられなくなったのよ。じゃあ私に何ができるかを考えたとき、坊主だから戦死者の冥福を祈ることと、一日も早い停戦を祈るほかないと思って始めたの。（一九九一年三月十七日付徳島新聞）

瀬戸内は記者のインタビューにそう答えている。それによると、柿茶を口にするだけの断食生活を続けて七日目、瀬戸内は突然気分が悪くなり、病院に運ばれた。奇しくも湾岸戦争が地上戦に突入した日のことだった。水も飲まずに続けると九日ほどで死ぬといわれる断食である。当時六十八歳の瀬戸内の体が悲鳴を上げたのも無理はない。

五日間入院して点滴を受けた。断食に入る前に比べて体重が六キロ減っていた。そんな危険を冒してまで断食に踏み切ったのは、日本政府が多国籍軍への九十億ドルの追加支援や自衛隊派遣を検討していたことへの怒りからでもあった。

とにかく憲法を変えようという姿勢が見え見えだったでしょう。あの憲法は私たちの世代が戦争で血を流してやっと勝ち取った世界に誇れる唯一の文化遺産。それをむざむざとなし崩しにしちゃいけませんよ。世界から取り残されるって言うけど、あえて日本は世界の孤児になっていいんです。それが唯一、日本がプライドを取り戻せる方法なんですから。

さらに、瀬戸内はこう言って日本の現状を嘆いている。

今回、一番情けなかったのは学生がほとんど反戦運動をしなかったことね。そんな国、どこにもありませんよ。自分さえ良けりゃいいって感じでしょう。情けない国になったねえ、日本は。

断食を始めたとき、瀬戸内はこんな張り紙をして、京都・寂庵の道場入り口に募金箱を置いた。「湾岸戦争の犠牲者へのカンパをお願いします。このお金は私が現地へ運びます」。現地で不足している薬や赤ちゃんのミルクを買ってイラクの首都・バグダッドを訪れ、自分の目で戦禍を確かめたい。そう考えてのことだった。

この張り紙どおり瀬戸内は四月十五日に成田空港を発ち、イラクへ向かった。北京で敗戦を迎えたとき、憑《つ》きものが落ちたように忠君愛国の思想が消え、〈もう自分の手で触れ、自分の皮膚で感じ、自分の目でたしかめたもの以外は信じまいと思った〉(「北京、しのつくような雨が視界をさえぎっていた」)という強い信念に基づく行動である。

その顛末は著書『寂聴　イラクをゆく』に詳しく書かれている。

出発日までに集まったカンパは八百七十二万円余。それに寂庵の浄財五百万円を加え、医薬品を買う計画だった。ところが、どの製薬会社も海外への薬の持ち出しは厚生省(当時)の許可が必要だと言って応じてくれない。そんな中、大塚製薬が栄養食などの寄贈を申し出てくれた。カロリーメイト百六十ケース、ラクテック(輸液)七十ケース、注射針三ケースである。ただ、莫大な航空運賃がかかるため、同行の編集者二人が持てるだけ持っていくことにした。

報道関係者や出版関係者からの同行志願も相次いだが、すべて断った。命がけの危険な旅になるからだ。瀬戸内も、このときばかりは遺書を書いたという。

薬は、ヨルダンの首都アンマンでトラックにいっぱい買い込み、バグダッドに入った。八万回から九万回の空爆があったと聞いていたので、焼け野原を想像していたが、街は綺麗なままだった。だが、電話局やテレビ局、郵便局などの通信網、電気、ガス、水道などのライフラインが破壊し尽くされていたのである。

アラブ地域の赤十字社「赤新月社」の病院では、爆撃のショックで多くの妊婦が早産し、保育器に入れられていた未熟児の赤ちゃんも停電で亡くなった。水道水の代わりに汚れた水を飲み、赤痢がはやって大勢の市民が死亡した。経済封鎖のせいで、いくらお金があっても薬や食料品は買えない。

「戦争で一番被害を受けるのは自分で身を守るすべを持たない非力な赤ん坊や子供たちです。それに老人、女たち……」。そう話す現地の若い医師に、瀬戸内が「戦争はどんな美名で飾ったところで、悪です」と応じると、医師は「そうですとも」と言い、瀬戸内の手を握りしめたという。

瀬戸内はさらに、爆撃による死傷者が多かった場所に程近いヤルムーク病院を訪ねた。そこには、背中がザクロのように裂けた赤ん坊や、全身が焼けただれ、うつろな目をした女たちがいた。背中をやけどして、仰向けに寝ることができず、二カ月もの間、うつ伏せになったままの二歳の子供もいた。その姿に空襲で焼死した母の姿が重なり、あまりの恐ろしさに思わず病室を飛び出したという。

成田空港を発ってから十日後、無事、京都に帰った瀬戸内のもとにバグダッドの若い医師からうれしい手紙が届いた。

親愛なる瀬戸内様へ

バグダッドの空よりあなたがお元気で過されていることと想像しております。

私たちはバグダッドの中央小児病院とヤルムーク病院で薬をたしかに受け取りました。医者も患者も、皆、そして国民も、あなたのことを誇りに思っています。私は個人的にあなたから届けられた薬や思いやり、そして深い慈悲の愛に満ち足りた気持でいます。更に私はあなたが、この世の中の様々な分野で精進されることを願って止みません。

又、あなたの日本の友人、そして多くの日本の人々が、どれほど私たちを助けてくれたことか、私たちは日本の皆さんに深い愛を感じざるを得ません。私たちの友情が、ずっと永遠に続きますように。

バグダッドでお会いできて本当によかったです。又お会いすることを楽しみにしています。

私たちと私たちの国民の為にどうぞ祈ってください。

あなたの友人　ドクター・ムスタファ・アル・ウィトリー

瀬戸内は二〇〇一年の米同時多発テロ後、「対テロ戦争」の名目で米軍がアフガニスタンを空爆したアフガン戦争のときも断食を敢行した。すでに七十九歳の高齢になっていたが、〈いつになっても止まない米軍のアフガン爆撃を見るに及んで、居ても立ってもいられない焦燥と危惧を感じ、やっぱり断食祈願をしようと決意した〉（エッセイ「三日間の断食祈願を終えて」『残されている希望』所収）のである。

午前八時から午後五時まで寂庵の道場にこもりっぱなしで写経をし、法話をし、読経をした。足がふらつく程度だったため、まだできると思ったが、周囲に止められ、予定の三日間で打ち切った。

そのときの思いを瀬戸内は、こう書いている。

老の一念の平和への願いがどうか届きますようにと願う一方、一向に止まない爆撃やアメリカ一辺倒になって戦争への道へなだれ込んで行く日本の現状を見ていると、つくづく自分の非力を感じます。

それでも今度の断食で私と同じ想いの人がどんなに多いかということも、寄せられたお手紙や電話やメールで知りました。戦争はすべて悪だと、たとえ殺されても言い続けます。

（「三日間の断食祈願を終えて」）

さらに『残されている希望』の「あとがき」で瀬戸内は、日本が自衛艦をインド洋に派遣して米艦船への給油活動などの支援活動をしていることに触れ、次のように書いている。

その出航を見送る家族たちは、前の戦時のように人前で涙をこらえたりはせず、多くの家族が泣いている。その上、マスコミの質問に対して、行ってもらいたくないと答えている。それを非国民と罵る風潮はすでになくなっているものの、重苦しい不安が、彼等家族たちばかりでなく、テレビでそれを見ている私たちの胸をも圧迫してくる。

テロが暴力作戦で殲滅《せんめつ》出来ると、本当に多国籍軍のすべては信じているのだろうか。テロは、どんな手段でも生きのびてきている。それが手を替え品を替えて、いつ表面に現れるかしれない。一時、勢いをそいだところで、また必ず、どこからともなく頭をもたげてきて、その手段はますます過激になってきている。暴力でテロは殲滅できないことは、すでに歴史がそれを示している。（中略）

なぜテロは起こるのか、その根本原因を解決しない限り、一時、収まったかに見えても、また、いつか同じことが起こるだろう。どうすればいいか、なぜかを問いつめなければならない。貧困、人種差別、宗教的無理解、パレスチナ問題、様々な要因がテロのかげにうごめいている。それを追究し、諸国が自国の利益を離れて、平和のため、力を合わせ、叡智《えいち》をしぼり合う姿勢にならない限り、地球上からテロはなくならないであろう。（中略）

恐ろしいのは、それらに対する危機感が諸国にも、特に日本に欠如していることであろう。

瀬戸内の主張を机上の空論と切り捨てるのはたやすい。だが、テロと武力による報復の連鎖が何の解決にもならないばかりか、テロを世界に拡散させたことは紛れもない事実である。

さらに、この「あとがき」には、〈ただひとり祈っても、それは自己満足に過ぎないし、世間の流れの方向を変えるために、何の力もない〉とあり、それを承知の上で瀬戸内が断食をしていることがわかる。それでも青春時代を戦争一色に塗りつぶされ、空襲で母と祖父を亡くした瀬戸内には、作家として、僧侶として発言し、行動しなければ気持ちが収まらないのだろう。そしてまた、自らの訴えがテレビや新聞などのマスメディアを通して国民に広く伝わっていくことを、瀬戸内は誰よりも心得ているのである。

瀬戸内は時折、自らを「人寄せパンダ」と自嘲気味に呼ぶこともあるが、ただの「人寄せパンダ」には終わらない。このときも、断食祈願で集まった国民からの三十万円余の義援金に自身のカンパを加えた百万円を中村哲医師（二〇一九年、銃撃され死去）率いるペシャワール会の「アフガンいのちの基金」に寄贈している。

さらに、二〇〇三年に起きたイラク戦争時には、朝日新聞朝刊に「反対　イラク武力攻撃　瀬戸内寂聴」という意見広告を出した。このときも朝から反響があり、寂庵に届いたファクスやメールは午前中だけで百五十通を超えた。

命がけの反戦スピーチ

二〇一五年六月十八日には、集団的自衛権の行使を盛り込んだ安全保障関連法案に反対する国会前の集会に京都から駆けつけ、スピーチをしている。

瀬戸内は前年五月に腰椎《ようつい》を圧迫骨折したのに続いて、九月には胆嚢《たんのう》がんの手術を受け、春になって寂庵での法話を再開したばかりだった。約二千人（主催者発表）が参加した集会に瀬戸内は車椅子で訪れたが、いざマイクを握ると、すっくと立ち上がって声を張り上げた。

私は去年一年、病気をいたしまして、ほとんど寝たきりでした。完全に治ったわけではありません。どうせ死ぬなら、こちらへ来て、このままでは駄目だよと、日本は本当に怖いことになってるぞということを申し上げて死にたいと思いました。

私は大正十一年生まれですから、戦争の真っただ中で青春を過ごしました。前の戦争がいかにひどくて、大変だったかということを身に染みて理解しております。

私は北京で終戦を迎え、日本に帰ってきたら、古里の徳島は焼け野原でした。それまでの教育で、この戦争は天皇陛下のため、あるいは日本の将来のため、東洋平和のためと教えられていましたが、戦争にいい戦争というのはありません。戦争はすべて人殺しです。殺さなければ殺されます。人間の一番怖いことです。二度と起こしてはなりません。

最近の日本の状況を見ておりますと、何だか怖い戦争にどんどん近づいていくような気がいたします。

せめて死ぬ前に、皆さんにそういう気持ちを伝えたいと思って参りました。

ここに集まった方は、私と同じような気持ちだと思います。その気持ちを若い人たちにも伝えて、若い人の将来が幸せになるような方向に進んでほしいと思います。


このとき、瀬戸内は九十三歳になっていた。しかも体調が万全でない中での集会への参加である。京都からメッセージを送り、誰かに代読してもらうこともできたはずだが、瀬戸内はそうはしなかった。

なぜ、体を張って戦争反対を訴えるのか。このスピーチの二年前に書かれたエッセイ「長生きしたもののしごと」(『生きてこそ』所収)に、その理由を見いだすことができる。


国民は、戦争に負けたことのない強い日本は、これからどんな戦争になっても負けるはずはないと、子供の寝言のような頼りない予言を信じ、世界で正しいのは日本だけと幼稚園の子供が、自分が一番強いのだと威張ってみせるような子供っぽい自慢を、信じ込むような馬鹿に教育され、日ごとにがっがっと地ひびきのような音をたてて近づいてきた軍靴の足おとを聞いていた。意識の底に眠っていたあの不気味な足おとが、近頃日ごとに大きくなって、私の耳に近づいてくる。九十年生きた老人にとって、八十年前の過去は、遠いだけに、そのあたりの記憶は実に鮮やかで確実なのである。

特定秘密保護法などという怪しいものがまかり通っては、まさにあの不吉な戦争前の足おとがよみがえる。もしかしたら私の長生きは、そのことを今の若者にしっかり告げよというはからいの命なのだろうか。

エッセイ「年頭の祈り」（『寂聴草子』所収）には、僧侶の立場からこう書いている。

私はなぜ、こうも駈け廻るのか。答えは簡単だ。私は出家者で物書きだからだ。仏徒としての私は、人の苦しみに手をつかねていることは罪だからだ。釈尊の教えを守れば、戦争には身をもって反対するのが当然であり、地球の上に起る不幸のすべてを自分の痛みとして感じとる義務があるからである。

瀬戸内は、京都・寂庵での月一回の法話でも、折に触れて戦争の空しさ、愚かさについて、声を振り絞って語り続けている。

故郷へ

瀬戸内が故郷の徳島市で「寂聴塾」を開いたのは、一九八一年のことだった。徳島新聞社が事務局を務め、毎月一回、一年間行われた。

高校生から高齢者まで、大勢の応募者の中から選ばれた約五十人の塾生を前に瀬戸内は、毎回三時間にわたって熱弁を振るった。「この世でもう一度生き直したいと思った」という出家の動機や、幸福とは人間が自由であるということ、源氏物語の素晴らしさ、反権力の姿勢を貫いた荒畑寒村や管野須賀子、伊藤野枝らの生き方について……。七十五歳の女性が詠み、朝日歌壇に掲載された「徴兵は命かけても阻むべし母・祖母・おみな牢に満つるとも」を紹介するなど、反戦の訴えにも力を入れた。

塾のもようは「ルポ　寂聴塾」と題し、毎月上下二回にわたって徳島新聞文化面に掲載された。

今日、東京で〝戦争をさせない女たちの会〟というのが開かれています。新聞にも一面全部使った戦争反対のキャンペーンが載っていて、その中で私も〝今度戦争が起きるような状態になったら、ろう屋につながれても殺されても戦争に反対します〟って発言しています。なぜ、今日そういうことを全国でやっているかというと、それは足元に促々《そくそく》と戦争の危機が迫っているからなの。あなたたちは平和な徳島で非常に幸せに暮らしていますから、そこまで戦争が来ていることを知らないんです。その怖さを思い起こして下さい。

（一九八一年五月二十一日付徳島新聞）

この寂聴塾は、瀬戸内が故郷に迎えられるきっかけにもなった。というのも、作家として名を成したあとも、県民の間には家庭を捨てたことへの倫理的な批判が根強く残っていたからだ。一九九四年に徳島県文化賞を受賞したとき、瀬戸内は徳島新聞のインタビューに「石もて故郷を追われた」と言い、こう語っている。

日のあるうちは帰って来るなと父親に言われたくらいだから、徳島の人にはずっと良く思われてなかったと思うの。でも、私は徳島が嫌いじゃなかったし、年を取るにつれて懐かしくなる。今回の受賞で、古里との縁が一層深まったと思いますねえ。

（一九九四年十一月十日付徳島新聞）

寂聴塾は、生まれ故郷に大手を振って帰れなかった瀬戸内に、文化に理解のあった当時の山本潤三徳島市長が「そろそろ帰ってきてほしい」と三顧の礼を尽くして実現した。

さらに瀬戸内は翌年から三年間、徳島市文化センターで毎月一回、徳島塾を開催した。これは多くの市民に、瀬戸内と親しい一流の作家や芸術家の講演を聞く機会を提供するもので、講師は野間宏、井上光晴、大庭みな子、河野多恵子、津島佑子、石牟礼道子、岡本太郎、横尾忠則ら、そうそうたる顔ぶれだった。

東京と地方の文化格差は極めて大きく、美術や音楽、バレエ、演劇など、あらゆる分野で地方の人々は一流の文化・芸術を十分に享受できない環境に置かれている。瀬戸内による徳島塾開催は、そうした格差を文学の分野で埋めるものとなった。

そして、「石もて故郷を追われた」瀬戸内が、故郷に受け入れられる瞬間が訪れる。一九九八年十月、徳島駅前の徳島そごうで開かれた「瀬戸内寂聴と『源氏物語』展」(徳島新聞社、NHKサービスセンター主催)でのことだ。『現代語訳　源氏物語』(全十巻)の完結を記念したこの大規模な回顧展は、開幕と同時に大勢の人でごった返した。

よほどうれしかったのだろう。徳島市文化センターに満員の聴衆を集めて開かれた同展の記念講演会で、瀬戸内はこう語った。

「故郷に錦を飾ることができ、今日ほど晴れがましいと思ったことはありません。故郷にかわいがってもらっていると実感しています」

若いころに家庭を捨て、県民から倫理的な批判を浴びた瀬戸内が、再び故郷に温かく迎えられるようになるまでには五十年もの歳月を必要としたのである。

姉への思い、娘との再会

普段は気丈な瀬戸内が、テレビの特集番組で決まって涙を見せるシーンがある。それは自由奔放に生きる瀬戸内を陰で見守り続けて亡くなった五つ上の姉・瀬戸内艶と、夫の元に残した娘のことに話が及ぶときだ。

『寂聴自伝　花ひらく足あと』によると、艶は瀬戸内の得度にも付き添っている。中尊寺本堂で得度式を挙げた瀬戸内が、別室で近所の散髪屋にバリカンで髪を刈ってもらうのを見守った。そのとき瀬戸内が一粒の涙もこぼさなかったのに、艶は声を放って号泣したという。

歌誌「水甕」の歌人でもあった艶は、そのときの様子を歌に詠んでいる。

髪を刈るバリカンの音ひびく部屋その長き髪もろ手に受くる
尼となりし姿はいまだ稚くて白袈裟掛くる手もとあやふし

（瀬戸内艶歌集『流紋更紗』）

一連の短歌には、波瀾万丈《はらんばんじょう》の人生を送る妹をはらはらしながら見守ってきた姉の心情がよく表れている。聡明で、控えめな人だった。

寂庵が完成したときにも艶は引っ越しを手伝い、京都の寺々から鳴り響く除夜の鐘を瀬戸内と一緒に聴いた。〈姉と二人きりで聞いたあの鐘の音の合奏は、二十五年過ぎた今も忘れることはない〉（『寂聴自伝　花ひらく足あと』）と瀬戸内は書いている。寂庵の道場、サガノ・サンガの建設を提案したのも艶だった。

よほど仲のいい姉妹だったのだろう。同書の後半には、何度も艶が登場する。特に艶の死に触れた部分は哀切だ。直腸がんの発見が遅れ、余命三カ月と診断された艶を、瀬戸内は時間の許す限り見舞う。しかし、艶はサガノ・サンガの落慶を見ることなく一九八四年に亡くなった。

あと一カ月という二月に、私はインドへ巡礼の団体をつれて行かねばならなかった。中止しようとする私に、人々の楽しみを奪ってはならないと、姉は行くことをすすめた。私の帰りを待ちわびていた姉は、私の帰国を見て一週間で命尽きた。しかも私が東京へ対談に出たその翌日であった。格別に寒い冬で、雪の多い二月であった。両親も姉にも死に目に立ちあえなかった私には、今も限りない痛恨が残されている。

一方、娘との関係は、瀬戸内の出家直前に復活した。

長編小説『草筏《くさいかだ》』によると、瀬戸内は娘（小説には「美智」の名で登場）の結婚を機に、二十六年ぶりに再会している。「美智」の夫の計らいで、ニューヨークへのハネムーンに出発する前夜、夫妻が泊まるホテルに呼んでくれたのだった。「私」がホテルのエレベーターから「美智」が下りてくるのを待っていると、〈目の前のエレベーターの扉が真中から切り裂くように開かれ〉、人がどっとあふれ出てきた。

その人群の中から、二つの瞳が迷わず私の眼を真直捕えに来た。両方から同時に歩み寄っていた。笑いかけようとした私の頬が強ばった。娘の美智の眼にも口にも、笑いの影さえ見られなかった。

緊張の再会だったが、二十八歳になった「美智」には若妻らしい落ち着きがあり、〈想像よりはるかに美しく成長していた〉。

「美智」は、「私」の出家のニュースを知ったときにも電話をかけてきて、「おかあさん、ひとつだけ聞いてもいい？」と尋ねる。初めて「おかあさん」と呼ばれ、うろたえる「私」に、「美智」は「今度のことは、私に何か関係がありますか」と尋ねた。「いいえ、全然、あくまで私独りの問題です。あなたにも、あなたの結婚にも関係ないことです」と「私」は答えた。「じゃ、私のせいじゃないのね」、「もちろんよ」。そんな受け答えをした「私」だったが、電話を切ったあと、こう思う。

美智の口調に、自分と私の出家に直接の関わりがあってほしくないという願望のような気配を感じとったからこそ、私は反射的に関わりはないと否定してしまった。しかし関わりのない筈があろうか。

小説やエッセイを書く一方、出家をした五十一歳のときから俳句もたしなんできた瀬戸内に、こんな句がある。

子を捨てしわれに母の日喪のごとく

二〇一七年に出版し、星野立子賞と桂信子賞を受賞した句集『ひとり』の中の一句である。この句について瀬戸内は、法話集『はい、さようなら。』の中でこう語っている。

私は95歳まで生きてきて、後悔していることはただ1つ、娘を自分で育てなかったということだけなのです。世間が母親との絆を祝い合う「母の日」には、ひときわ思うものがあります。この句は、私の人生そのものを読み込んでいるのです。

娘との関係は、二十六年間のブランクを埋めるように、出家後も続いている。

ところで、瀬戸内は、四十一歳のとき「夏の終り」で女流文学賞を受賞して以来、三十年近く文学賞に縁がなかった。それが、高齢になればなるほど目覚ましく活躍するようになり、七十歳を過ぎてから『花に問え』で谷崎潤一郎賞、『白道』で芸術選奨文部大臣賞、『場所』で野間文芸賞と大きな賞を立て続けに受賞している。

そして二〇〇六年、八十四歳のときには文化勲章を受章した。伊藤野枝、管野須賀子ら恋と革命に生きた近代の女性像を描いた一連の作品と、『現代語訳　源氏物語』完訳の功績が認められてのことだった。

このニュースを大々的に報じた同年十月二十八日付徳島新聞一面には、瀬戸内の「徳島のみなさんへ」と題する文章が掲載されている。

　やはりそれが決まったときに思い浮かべたことは、古里に錦を飾れる、というふうな気持ちでした。私は徳島で生まれて、十八歳までずっと徳島を離れたことはありませんでした。古里といえば、徳島です。私の感性とか、あるいは文学に対する憧れを育んでくれたのは、徳島です。

徳島新聞への寄稿文であることを差し引いても、これが瀬戸内の古里・徳島への偽らざる思いであったことは疑いようがない。受章決定のインタビューでも、子供のころに街角を訪れた人形廻しが口三味線で浄瑠璃を語るのを聞き、世の中には男女の恋があり、楽しいばかりでなく、悲しい恋もあると漠然と感じたことや、家の前を通るお遍路さんを眺めるうちに何か仏教的なものが心に植え付けられたことなどを語り、それが「私の文学の原点になっている」と述べている。

文化勲章の受章理由の一つになった『現代語訳　源氏物語』の完訳も、県立徳島高等女学校時代に与謝野晶子訳『源氏物語』と出会い、夢中で読みふけったことが出発点になっている。そして「源氏物語」に登場する女性たちと同様、瀬戸内もまた出家の道を選んだのである。

受章決定から二日後、瀬戸内は徳島市内のアスティとくしまで開かれた「第二十二回国民文化祭・とくしま２００７（おどる国文祭）」プレフェスティバルに出演し、会場を埋めた二千七百人の観客から文化勲章を祝福する温かい拍手で迎えられた。

このとき瀬戸内は、女優の中村メイコのインタビューに答え、「かつて不届きなことをして帰郷できないようになったが、それも今は許されたと思う」（二〇〇六年十月三十日付徳島新聞）と喜びを語っている。この日は瀬戸内にとって、古里での最良の一日となったに違いない。

瀬戸内は「国民文化祭・とくしま２００７」のために、徳島に骨を埋めたポルトガルの文人モラエスを主人公にした「モラエス恋遍路」と、徳島の義経伝説にちなんだ「義経街道娘恋鏡」という二つの阿波人形浄瑠璃の脚本を提供している。幼いころから慣れ親しみ、文学の原点ともなった人形浄瑠璃を通して、故郷に恩返しをしたわけである。

二〇〇九年四月には、文化勲章の記念碑「ICHORA」（一張羅）が徳島市の新町川水際公園に完成した。香川県の庵治石《あじいし》を門の形に組み上げ、中をくぐると幸せになるという遊び心のある作品で、作者は京都の出版社時代の先輩、彫刻家の流《ながれ》政之である。

新町川は徳島市の中心部を流れる川で、そこは瀬戸内が子供のころに一人遊びをした場所でもあった。姉は小学校に行って家におらず、瀬戸内は吹き出物の多い体質だったため、近所の子供たちが汚ながって遊んでくれなかったからだ。新町川の川岸には筏《いかだ》がびっしりと浮かんでいて、瀬戸内は筏から筏へ飛び移って遊んでいた。そのうち川に落ち、たまたま目撃した通行人に助けられて危うく難を逃れたという。そんな思い出の場所に、記念碑は完成したのである。

流とともに除幕式に出席した瀬戸内は、「幼いころに命を助けられたからこそ、素晴らしい今日という日を迎えることができました」と、その日の天気のように晴れやかな笑顔で挨拶した。

長い旅路の果てに

その瀬戸内も、二〇一四年に腰椎を圧迫骨折して以来、徳島に帰省することはほとんどなくなった。懸命のリハビリでなんとか歩けるようになったとはいえ、車に長時間揺られると体にこたえるからだ。

九十五歳で心臓の手術を受けたときには、〈ああ、やっぱり私もひとりだな〉と、つくづく思ったという。

夫や妻、子供や孫とともににぎやかに暮らしていても、いくらよいスタッフに囲まれていても、結局はひとり。そう思うと、寂しいけれどなんだか心がすっきりします。

(『はい、さようなら。』)

北京で迎えた日本の敗戦から新たに出発した瀬戸内が、長い旅路の果てにたどり着いた境地である。

森内さん、瀬戸内さんのこと

森内さんとの出会い

私が初めて読んだ森内さんの小説は、デビュー作の「幼き者は驢馬に乗って」であった。大学二年生か三年生のときだったと思う。幻想的で、何か良からぬことが起こりそうな冒頭のミステリアスな場面にまず引き込まれた。

真夜中に風呂に入っていると、幼稚園から帰ってきたらしい子供が玄関の戸を叩く。表を覗いてみるが、誰もいない。三月も半ばだというのに粉雪が舞っていた。積もり始めた雪の上に、点々と乱れた子供の靴跡が付いている。そして、向こうから傘をさして引き返してくる若い女の姿が見えた。幼稚園の先生かと思うが、「私」は幼稚園の先生を知らない。目の前に〈呪詛《じゅそ》で形の変ってしまった顔〉が現れた。〈眼は血走り、紫色の唇には歯形が無惨についていた〉。玄関前には、子供のものらしい紺の小さな手袋の片方が落ちている。「私」は玄関のドアを閉め、居間に戻ってウイスキーを飲み始めるが、〈表の気配に感覚は、千本の絹針のように尖《とが》った〉。女は表札を見上げ、ドアを引いてみる。〈無駄だと知ると、後ずさりして再び家を見上げ、右左をうかがい、傘をひろげ、粉雪の舞うなかをよじれた黒いリボンになって路地を戻ってゆく〉……。

こうした比喩の巧みさ、幻想と現実が入り混じった見事な描写に圧倒されたものだ。この小説にすっかり魅了された私は、続いて「眉山」を読んだ。そして、森内さんが徳島ゆかりの作家であることに、徳島生まれの者として親近感を抱いたのだった。

その後、大学を出て徳島新聞の文化部記者になった私は、幸いにも森内さんと会う機会に恵まれた。誰から聞いたのか定かではないが、森内さんが徳島に帰っていて、徳島城のお堀端近くにある音楽喫茶「みき」(今は吉野川北岸に移転)に、よく行っているとの情報を得た。早速、私はインタビューの約束を取り付け、「みき」に出向いた。一九七七年八月のことである。このとき森内さんは四十歳、私は二十六歳だった。

あんなに繊細な文章を書く作家だ、きっと神経質でピリピリした人に違いない。うまくインタビューできるだろうか。そんな不安を抱えながら、「みき」のドアを押した。店内に客は一人しかいなかった。その人は薄暗い一番奥の席で入り口に背を向け、巨大なスピーカーと向き合ってクラシック音楽を聴いていた。そのひっそりとした背中の気配で、すぐ森内さんだとわかった。曲目までは覚えていないが、たぶん大好きなモーツァルトのレコードを店主の三木芳彦さんに頼んでかけてもらっていたのだろう。まだCDのない時代だった。

初めて会う森内さんは、予想どおり痩せて神経質そうな人だった。その森内さんに、「眉山」や徳島大空襲のこと、徳島に対する思いなどを聞いた。インタビュー記事（一九七七年九月九日付徳島新聞）の中から、「眉山」について語った部分を抜き出してみる。

（今回）徳島へ来たのは、「眉山」を書いた時二人だった子供が、もう一人増えたので、おじいちゃん、おばあちゃんに見せるためだったんですが、街を歩いていても私にとって救いの山である眉山が衝立《ついたて》になって、それ以外のものはどうしても目に入ってこないんです。当時の記憶とだぶってくるんですよ。

あの中に書いたことはほとんど事実です。舞踊家の笹倉氏というのは、舞踊家の檜瑛司さんのことです。〝女のひと〟のことも事実。今でもはっきり思い出すことができます。いま生きていれば五十をとうに過ぎているはずですが、どこかですれ違ったかもしれませんね。

あの〝女のひと〟や、空襲を逃れる途中、私たちに道を開いてくれた無名の人たちが、私を生かしている。それが私の思想の根幹になっていますね。その意味で「眉山」は、私の小説の中で中心的な位置を占めるものだし、私には生まれ育った大阪より徳島がふるさとだという気持ちが強い。

インタビュー記事に添えられた写真を見ると、森内さんはきちんとネクタイを締め、ワイシャツの袖をひじの上まで几帳面にたくし上げている。私は記事の中で、森内さんの印象をこう書いた。〈うつむきかげんに言葉を選んでしゃべる姿が、誠実そうな人柄をうかがわせる〉。

このインタビューからしばらくして、森内さんに翌年の新春エッセイを依頼した。そして、一九七八年の元日付で掲載されたのが、本書の冒頭に引用した「動物園前の春」である。そこには音楽喫茶「みき」や、店主の三木芳彦さんの名も登場する。

眉山はどこから眺めてもいいものだが、私は吉野川大橋を渡って、対岸からの遠望を好んでいる。三カ日の怠惰に飽んだ軀を川風に洗ってもらいながら、この眉山を見れば、あらたな一年を迎えるに充分な気力が湧くというものだ。そして城山公園の濠端《ほりばた》近くにある音楽喫茶「みき」にでももぐりこんで、レコードが聴ければ、もう言うことはない。（中略）

旧年の暮れ、私はジャン＝ジョエル・バルビエが弾いているエリック・サティ・ピアノ作品集五枚組みを手に入れた。サティはチッコリーニのピアノで知るだけだったから、これが目下うれしくて仕方がない。こうなると「みき」の装置で聴いてみたくもなるし、店主の三木芳彦氏の感想も聞きたい。

東京のオーディオ・マニアにも知られたほどの店だから、音楽好きの森内さんが徳島に帰るたびに入り浸ったのも無理はない。

そして、このころから森内さんは本が出るたびに送ってくれるようになり、私も書評で取り上げるという関係が続いた。だが、それ以上に深くお付き合いをすることはなかった。たぶん私が気後れしていたのだろう。

二度目に会ったのは、私が共同通信社文化部に一年間出向していた一九九〇年、東京でのことだ。このときは同社の文芸記者（当時）で、『氷河が来るまでに』のインタビュー記事を書いたばかりの小山鉄郎さんが一緒だった。どこかの喫茶店でお茶を飲んだのだが、初対面のときの印象とは違って、陽だまりの中にいるような穏やかな話しぶりだったのを覚えている。

森内さんとの交流が深まったのは、徳島新聞の文化部に復帰していた一九九七年のことだ。月二回の連載エッセイを依頼したのがきっかけだった。連載は「みちしるべ」と題して、同年二月から二〇〇一年三月まで続き、四年間で計百回に上った。徳島大空襲や眉山への思い、アンリ・ルソーの画集のこと、ピアニストのハイドシェックのこと、読書の幸福についてなど、テーマも多岐にわたった。

原稿は、Ａ３の原稿用紙に毛筆で一字一句、丁寧に書かれていた。それが大きな茶封筒で届くたびにワクワクしながら封を切り、最初の読者の幸福な気分に浸りながら、達意の文章をじっくりと味わったものだ。まさに〝人生のみちしるべ〟ともいうべき言葉の数々が、温かく、じわりと胸に染みてきた。


だれにとっても、迎えた今日一日は何をもってしてもあがなうことができず、かけがえがないゆえに、生涯最良の日のはずである。たとえ艱難辛苦《かんなんしんく》、病苦、老いと孤独のさなかにあっても、唯一最上の日である。そしてその日を照らしだす光は、その人の背後、過去から射してきている。与えられた一日をその日かぎり、と丁寧にもてなし、ゆっくりと十分に味わって生きたいものだ。かく思いさだめさえすれば、〝時の杯〟に満たされているのは、美酒であろうから。

（「時の杯」）


あるいは、森内さんが小説部門の選考委員をしていた徳島県主催の「とくしま県民文芸」（現・とくしま文学賞、県と県立文学書道館主催）について――。

ここはアマチュアこそが歓迎されているところである。初心の目だけが見ることのできる世界というものがある。ほんとうは、いつでも初心が尊いのである。いつまでも初心でいるべきである。文章の手練手管など、たかがしれている。それは、たいしたことを発見しないものだ。

（「県民文芸」）

応募作品を見る森内さんの目は厳しかった。選考委員を務めた十年間に、わずか三度しか最優秀を出していない。それだけに最優秀に選ばれた小説はどれも素晴らしく、森内さんの言う〈初心〉がキラキラと輝く作品ばかりだった。中でも、高校一年生の女子生徒の才能を発掘したときには、発表から数日たっても「まだ興奮が続いている」と、電話でうれしそうに話していたのを覚えている。森内さんの選は、厳しさと同時に温かさをも感じさせた。

この「みちしるべ」を連載中、森内さんは徳島に帰るたびに新聞社に立ち寄ってくださった。それから近くの喫茶店に行き、お茶を飲みながら一時間か二時間、おしゃべりをするのが常だった。小説「二人」（『桜桃』所収）に〈紅茶のほうがコーヒーより味わい、香りの奥が深いと思われる〉とあるように、森内さんはいつも紅茶を注文した。

数年前、森内さんが暮らす東京のJR目白駅前で一緒に食事をしたとき、心に残った言葉がある。「筆一本で、よく二人の子供を育てられたと思いますね」。しみじみとした口調で、森内さんは問わず語りにそう言った。純文学一筋に生きた作家の人生が、その言葉に凝縮されているように私には思えた。

瀬戸内さんとの出会い

瀬戸内さんに初めて会ったのは、森内さんとの出会いから二年後の一九七九年のことだった。初の書き下ろし長編小説『比叡』を出したばかりの瀬戸内さんに、徳島市の眉山ふもとにあった春秋会館でインタビューした。中尊寺で得度してから六年がたっていた。

このとき瀬戸内さんは五十七歳、私は二十八歳だった。駆け出しの記者だった私に瀬戸内さんは気を遣い、どんな質問にもよく透る声でざっくばらんに答えてくれた。

『比叡』は出家のいきさつをつづった作品で、今も鮮やかに覚えているのは、出家した主人公の俊瑛が眠りにつく冒頭に近い場面だ。それまでは肩や背に敷き込んで引きつれていた長い髪が今はなくなり、夢うつつに裸の頭に指が触れたときの驚き――。〈髪を失って半年ほど、俊瑛はどうしてもその感覚に馴れることが出来なかった〉とある。単にディテールの面白さにとどまらず、女性の出家の生々しさが心に残った。

瀬戸内さんに初めて会ったのは出家後だったため、私は墨染の法衣をまとった姿しか知らないが、出家前の瀬戸内さんはたいてい和服姿で写真に収まっている。それも原稿料が入るたびに買うというほどの着物好きだったようだ。

それで思い出すのは、北京での新婚時代である。

夫が出征して収入が途絶えたとき、瀬戸内さんは職探しをする一方で、嫁入り道具として母親が買ってくれた行李七杯分の着物を売り、二年間は暮らしていける生活費を捻出した。瀬戸内さんの着物への執着は、このときの心の空洞を埋める無意識の行為であったのかもしれない。

『比叡』のインタビューがきっかけとなって私は、瀬戸内さんが故郷で開いた寂聴塾や徳島塾、徳島市で開かれた「瀬戸内寂聴と『源氏物語』展」などの取材を担当した。社内では、いつのまにか瀬戸内番的な記者になっていた。

寂聴塾や徳島塾での故郷への献身的な活動によって、瀬戸内さんに対する徳島県民の倫理的な反発も、源氏物語展が開かれたころにはかなり和らいでいたのではないかと思う。というのも、同展が入場者でぎっしりと埋まったからである。

その会場を瀬戸内さんと並んで巡っていたときのことだ。

「こんなにたくさん人が来てくれて、良かったですね」と言うと、瀬戸内さんは「本当にねえ」と言ったきり黙ってしまった。ふと横を見ると、瀬戸内さんはこっそり涙を拭っていたのだった。

同展が始まる三カ月前の一九九八年四月から二〇〇〇年十二月にかけて、私は瀬戸内さんに自伝「花ひらく足あと」(のちに徳島県立文学書道館より『寂聴自伝　花ひらく足あと』として出版)を計六十五回にわたって徳島新聞文化面に連載してもらった。その中にこんな一節がある。

私の心の底には、何としても一人前の小説家にならなければ別れた夫や幼い娘に対して申しわけがたたないという気持ちがあった。

　自分の意志を伝える言葉をまだ口に出来なかった幼い娘を捨てた私に、人なみの結婚の幸福や、炉辺の平穏はあってはならないのだと、思いつづけていた。

自伝小説『いずこより』には、こうも書かれている。

　夫の家を出て以来、何度か自殺をしかけているし、本当に死にたいと思ったことが数えきれない。結果的には未遂におわっても、その都度、私が死を通りぬけたという事実は、私の中に重く沈澱している。

源氏物語展会場で見せた涙は、そうした苦しみの果てのうれし涙だったのだろう。

瀬戸内さんは、その『源氏物語』を女学校時代に夢中で読み、五十一歳のとき『源氏物語』に登場する女たちと同じように出家し、晩年に至って『現代語訳 源氏物語』を完成させた。

瀬戸内さんの文化勲章受章が決まったとき、文化部から論説委員会に移っていた私は、瀬戸内さんのそうした生き方そのものが物語のような完結性を備えた一つの作品になっている、と社説に書いた。

徳島県立文学書道館の誕生

文学と書道を対象にした県立文学書道館が徳島市内にオープンしたのは二〇〇二年秋のことである。

東京・駒場の日本近代文学館を事務局として、一九九五年に全国文学館協議会が発足したとき、徳島には本格的な文学館がなかった。そこで当時、文化部にいた私は、同年十二月末の文学の年間回顧記事で全国文学館協議会の発足や文学館の必要性に触れ、「県内最大の文芸団体・徳島ペンクラブは何をしているのだろう」と書いた。

すると翌朝、朝刊を見た徳島ペンクラブの幹部から怒りを押し殺したような声で、「どうしろと言うんですか」と電話がかかってきた。私は答えた。「僕は新聞記者ですから、文学館建設に向けたアクションを起こしてくれれば、いつでも取材に行きます。取りあえず文芸団体の代表が集まって、話し合いの場を持ってはどうですか」。

文芸団体の代表五人による会合が徳島市内で開かれたのは、年が明けて間もなくのことだった。そしてその場で、県に文学館建設を要望すること、徳島出身の文学者の中でもっとも著名な瀬戸内さんをメインにした文学館を目指すことなどが決まった。そうなると、瀬戸内さんの資料がなんとしても欠かせない。私は会合の内容を文化面で大きく報じる一方、京都の寂庵に電話をかけ、資料を寄贈してくれるかどうか、瀬戸内さんに打診した。

すると、瀬戸内さんは少し怒ったようにこう言った。「今ごろ何言ってるのよ。京都の方から資料をもらいたいと、とっくに言ってきてるんだから」。だが、その口調とは裏腹に、県立文学館の建設に決して無関心ではない様子が電話の向こうから伝わってきた。「瀬戸内さんの資料がないと、文学館は難しいと思います」と言うと、「それじゃ、徳島に帰った折に、その人たちに会わせてちょうだい」と、瀬戸内さんは言った。「良いお返事をお待ちしています」と私は言って受話器を置いた。

それから間もなくのことだった。姉の十三回忌に帰郷した瀬戸内さんと、文芸団体の代表らを徳島市内で引き合わせた。そのとき瀬戸内さんは、間髪を入れずにこう言った。

「徳島から資料寄贈の要請がなければ、どこかに寄贈する気でいました。しかし、県が文学館を造ってくれるのなら、私が持っている物を全部、喜んで寄贈します」

驚くほど決然とした口調だった。表情もいつになく高揚していた。そんな瀬戸内さんを見るのは後にも先にも、そのときが初めてだった。

文学館の建設運動は、瀬戸内さんの言葉をきっかけに大きく動きだした。徳島ペンクラブなどが県民から署名を集めて文学館建設を県に要望し、待望の文学館が誕生したのである。書道が加わったのは、ほぼ同時期に書道美術館建設運動が進められていたからだ。

文学書道館の愛称は、県民公募で「言の葉ミュージアム」と決まった。文学も書道も言葉で成り立っているからである。

　文学書道館には瀬戸内寂聴記念室が設けられた。入ってすぐ左手に〝著作の壁〟がある。三十五歳のときに出版された初の短編集『白い手袋の記憶』をはじめ、六十年余にわたって刊行された瀬戸内さんの著書、四百冊余りがずらりと並んでいて、誰もが驚きの声を挙げる見どころの一つになっている。

　京都・寂庵の書斎と庭も再現され、書斎には親交のあった哲学者・梅原猛の書「桃源郷はここ」が掛かっている。庭に出ると、森内さんの〝救いの山〟であり、瀬戸内さんにとっては夫の教え子との逢瀬の場だった眉山を眺めることができる。

　また、〝著作の壁〟以外の壁面には、生まれたときから今日までの瀬戸内さんの歩みが、豊富な写真や直筆原稿、文章の引用などとともに、ぐるりと展示されている。

　写真では、母コハルに抱かれた一歳のときのものや、仲のよかった姉・艶とおそろいの服を着て撮った五歳のときの写真、二十歳のときの見合い写真、北京で編み物をする二十一歳のころの写真、得度式のときの写真、資料や本がうず高く積まれた書斎で原稿を執筆する写真などが見ものである。

　展示資料では、女流文学賞を受賞した「夏の終り」や野間文芸賞を受賞した『場所』、『美は乱調にあり』など代表作の直筆原稿、瀬戸内さん制作の土仏や草花の水彩画、『花に問え』に贈られた谷崎潤一郎賞の賞状（中村真一郎、ドナルド・キーン、吉行淳之介、丸谷才一、河野多恵子、井上ひさしの選考委員六人の毛筆による署名入り）などが目を引く。

このほか、明治・大正期に活躍した女性の伝記小説を書く際に使われた「青鞜」などの膨大な資料も別室で公開されており、女性史研究家らが申請すれば、閲覧できる仕組みになっている。

また、毎年春には、「寂聴と徳島」、「寂聴　愛のことば」、「九十代の寂聴文学」などをテーマにした特別展が開かれている。瀬戸内さん自ら文学書道館館長を十年間務め、腰椎を骨折するまでは寂聴展のたびに講演をして、人気を集めた。

ちなみに、文学常設展示室には森内さんのほか、ハンセン病作家の北條民雄、〝竹林の隠者〟として知られた作家の富士正晴、「オリンピック讃歌」の訳詞で知られる詩人の野上彰、プロレタリア作家の貴司山治《きしやまじ》、ＳＦ小説の先駆者・海野十三《うんのじゅうざ》、農民作家の悦田喜和雄、「青鞜」で活躍した生田花世、ノーベル文学賞と平和賞候補になった社会運動家の賀川豊彦、ポルトガルの文人モラエスの計十人の徳島ゆかりの文学者がメイン展示されている。

さらに壁面には、評論家の佐古純一郎、荒正人《あらまさひと》、中野好夫、新居格《にいいたる》や小説家の佃實夫、丸川賀世子、仏文学者の佐藤輝夫、詩人の鈴木漠、俳人の橋本夢道、舞踊家で俳人でもあった武原はんら、徳島ゆかりの三十人がずらりと並んでいる。

「戦後70年　文学に描かれた戦争」展

二〇一三年に徳島新聞社を定年退職した私は、その翌年に文学書道館の館長を瀬戸内さんから引き継いだ。そして、二〇一五年夏には特別展「戦後70年　文学に描かれた戦争――徳島ゆかりの作品を中心に」を開催し、瀬戸内さんの『いずこより』と「多々羅川」、森内さんの「眉山」のほか、海野十三、富士正晴らの戦争体験をつづった作品を取り上げた。

瀬戸内さんの作品は毎年春の特別展ですでに紹介されていたが、森内さんの「眉山」はこのときが初めてで、残念なことに森内さんの名も「眉山」も、県民にはあまり知られていなかった。当時、「眉山」と聞いて、多くの県民が思い浮かべたのは、映画にもなったさだまさしさんの小説「眉山」であった。

私は森内さんの「眉山」をなんとしても広く県民に知ってもらいたいと思い、文学書道館の「ことのは文庫」の一冊として『文学に描かれた戦争――徳島大空襲を中心に』を刊行し、瀬戸内さんら三人の作品とともに「眉山」を収録した。「眉山」は森内さんの初期の短編集『マラナ・タ終篇』に入っていたが、すでに絶版になり、入手しにくくなっていたのである。

出来上がった「ことのは文庫」を眺めながら、私はこれで誰もがいつでも「眉山」が読めるようになったと気持ちが軽くなったのを覚えている。徳島大空襲をこれほど生々しく描いた小説は他になく、徳島県民にとって極めて重要な小説だという思いが私にはあった。

参考までに、戦後70年展で紹介した瀬戸内さんと森内さん以外の主な作品は次のとおりである。海野十三の日記「降伏日記」、富士正晴の小説「帝国軍隊に於ける学習・序」、エッセイ「戦争小説――私の場合」、佐古純一郎のエッセイ「私の心の遍歴」、「戦争の悲惨について」、荒正人のエッセイ「第二の青春」、「アベル殺し」、中野好夫のエッセイ「戦後日本に生きる」、「私の憲法勉強」、「丸もうけの余生」。以上のほか、徳島県内で活躍した詩人や歌人、俳人の作品も紹介した。

戦後70年展の図録や「ことのは文庫」の表紙には、眉山中腹から撮影された、徳島大空襲で焼け野原となった市街地のモノクロ写真を使用した。徳島駅から眉山に至る徳島市中心部が灰燼《かいじん》に帰し、かろうじて丸新百貨店など一部のコンクリート建築の残骸だけが頼りなげに建っている。空襲の破壊力のすさまじさをまざまざと見せつける写真である。

ただ、戦後70年展は、戦争の悲惨さを若い世代に伝えることに重点を置いたため、眉山で出会った「女のひと」を探し求めるという森内さんの「眉山」の魅力を十分に伝えきれないうらみがあった。

そこで翌年の夏、私は「日常の彼方へ――森内俊雄と徳島」と題する特別展を文学書道館で開催した。同展では「眉山」の全体像をはじめ、「梨の花咲く町で」、『氷河が来るまでに』、「真名仮名の記」、『短篇歳時記』といった徳島を舞台にした作品や、徳島が登場する作品を紹介した。そのほか森内さんの文章と折々の写真を組み込んだ「森内俊雄の歩み」、文芸評論家らによる「森内文学の評価」、人生への深い認識や卓抜な比喩といった「森内文学の魅力」などで構成し、森内さんと徳島の関わりにスポットを当てながら、同時に森内文学の全体像が見渡せるようにした。

会期中、関連イベントとして森内さんの講演「読む　書く　生きる」と、文芸評論家・富岡幸一郎さんの講演「森内俊雄の文学──その魅力の根源」の二つを開催した。

森内さんは講演の冒頭、徳島大空襲に遭ったことや、戦後は教科書が焼けてしまったため、担任の教師に促されて芥川龍之介の「蜘蛛の糸」をクラスの子供の前で語って聞かせたことなどを話した。さらに、こう述べた。

　七月の空襲になる前の徳島市内の中心部をあちこちかけずり回っていたので、焼ける前の城下町としての徳島をよく覚えています。しっとりとした、川の多い、そして緑が豊かな、とてもいい街で、そこで暮らし得たということは非常な幸福です。

森内さんが戦後七十年の間、心にずっと抱き続けてきた徳島のイメージは、何も空襲の悲惨さばかりではなかったのだ。講演を聞きながら私はそう思い、救われたような気持ちになった。

このとき、森内さんは七十九歳になっていた。私は、徳島での講演はこれが最後になるかもしれないと思い、心して聴いた。おそらく森内さんも同じ思いだったのではないだろうか。

この森内俊雄展の開催に合わせ、徳島新聞の連載エッセイをまとめた『みちしるべ』も「ことのは文庫」の一冊として刊行した。記者時代からの懸案だっただけに、肩の荷を一つ下ろしたような気がしたものだ。

同展図録と『みちしるべ』の表紙には、森内さんにとって〝救いの山〟である眉山のカラー写真をあしらった。徳島市を流れる新町川から眺めた、現在の平和で美しい眉山の写真である。あらためてその写真を見ると、徳島大空襲から七十年以上の時が流れ、老年を迎えた森内さんの穏やかな心境が、そこに重なり合っているように思えてくる。

ちなみに、同展では主に以下のものを展示した。

鉛筆で書かれた「眉山」や毛筆による『みちしるべ』、『短篇歳時記』の直筆原稿、「ひとすじの道を真っすぐ歩いて行く」と揮毫した書、自作の詩や俳句の色紙・短冊、詩を発表した学生時代の同人誌、小学五年生のときに初めて読んだ新約聖書、一九七七年の徳島新聞インタビュー記事、森浩制作の織部釉薬が美しい大壺、かつて愛用していた数々のパイプや趣味の尺八、寝室の壁に掛けていた珍しい陶器の十字架、中学時代からの親友で画家の佐々木壮六に絵を学んでいたころのスケッチブック、『短篇歳時記』を月刊「俳句」に連載していた当時の佐々木壮六の挿絵、額装したモーツァルト「ドン・ジョヴァンニ」などのレコード・ジャケット……。

挙げるときりがないが、写真では二度の空襲に遭った小学時代をはじめ、中学時代や大学時代、主婦と生活社時代のほか、露文科の同級生である李恢成、宮原昭夫と卒業後十二年ぶりに早稲田大学キャンパスで再会したときのものなどを展示した。

展示品のうち、「眉山」の直筆原稿は、前年の戦後70年展のときにはいくら探しても見つからず、展示を断念せざるを得なかったものである。もうこの世に存在しないのではないかとさえ思ったほどだ。

ところが、何のことはない。東京の森内さんの書斎に長い間、眠っていたのだった。まさに灯台もと暗しである。見つかったいきさつは、こうだ。

森内俊雄展のために、森内さんから文学書道館に段ボール箱で十数箱もの資料が届いた。その中に、新潮社からの未開封の封筒があった。何の気なしに開けてみて驚いた。原稿用紙冒頭に書かれた「眉山」の題字が目に飛び込んできたのである。私は思わず「あっ」と声を挙げた。奇跡だ、と思った。

原稿は一字一字、鉛筆で丁寧に書かれていた。全部で七十八枚あった。そして、その最後の一枚が、また私を驚かせた。それまで何度も読んでいた「眉山」とは異なる結末だったからである。「眉山」は、「私」が長男「昌克」とともに阿波踊りの桟敷席に陣取り、妻が踊り込んでくるのを単眼鏡で見る場面で終わるが、原稿は「昌克」の「ダダ、それをボクにも借して。ママが来た！」という言葉で締めくくられ、(了)とあった。

一方、短編集『マラナ・タ終篇』に収められている「眉山」には、「昌克」の言葉に続いて、次の四行がある。

叫んだ昌克の首に、単眼鏡の吊紐をかけてやりながら夜空を仰いだ。そこから眉山は見えようはずもないが、私は今夜、山を探さない。眉山は私の救いでありながら、同時にためらいの山――。だが、その生き延びの山の向こうに、まだ山がある。山は夜の色に黒々と溶けて、いま仰いでいる眼の先にあった。


私は急いで「眉山」の初出誌「新潮」一九七三年五月号のページを繰ってみた。すると、これも直筆原稿同様、「昌克」の言葉で終わっていた。

ということは、単行本に収録するに当たって、森内さんが結末の四行を書き加えたことになる。そのいきさつについて、森内さんの記憶はあいまいになっているが、作品を単行本や全集に収録する際、作者が加筆修正することは、それほど珍しいことではない。

私は二つの文章を比較して、加筆されたものの方がはるかにいいと思った。単に余韻が深いというだけではない。「眉山は救いの山である」という森内さんと徳島をつなぐシンボリックな言葉が、そこには存在するからだ。森内さんは、この言葉を小説「梨の花咲く町で」や『道の向こうの道』、「石声の谺」、エッセイ「動物園前の春」などにも登場させている。

「眉山」が芥川賞候補になったとき、選考委員が目にしたのは加筆される前の作品である。仮に、加筆後の作品が候補になっていれば、どんな結果になっていただろう。

森内俊雄展が終わったあと、森内さんは展示品を含む文学資料を一括して文学書道館に寄贈してくださった。その数、ざっと一千三百点に上る。中でも「眉山」の直筆原稿は、森内さんと徳島を深い絆で結ぶ第一級の収蔵品となった。

それにしても、これほど多くの資料を寄贈してくれたのは、森内さんが「私の本当の郷里」と呼ぶ徳島への並々ならぬ愛情ゆえだろう。

私は森内さんほど徳島を愛した人を他に知らない。

あとがき

徳島新聞の記者時代に取材をした作家は数限りなくいる。しかし、何度も何度も繰り返し取材したり、お話をうかがったりした作家は、本書で取り上げた森内俊雄さんと瀬戸内寂聴さんをおいて他にない。私にとって二人は特別な存在である。

森内さんも瀬戸内さんも、私が二十代の後半に出会い、定年退職するまでの三十年余にわたって取材をしたり、新聞連載原稿を書いていただいたりした。徳島県立文学書道館の館長になってからも、館の常設展示作家である二人との交流は途切れることなく続いている。お付き合いはもっぱら仕事の範囲内に限られるが、それでもどれだけ多くのことを学ばせてもらったか、計り知れないものがある。二人との出会いがなければ、私の人生は随分味気ないものになっていただろう。森内さんと瀬戸内さんに、この場を借りて心より感謝を申し上げたい。

本書では、この二人の作家と徳島大空襲との関係についてまとめた。空襲が二人の人生と文学に与えた影響は決して小さなものではなく、特に森内さんの場合は、人生のすべてが徳島大空襲に収斂されていくのではないかとさえ思ったほどだ。にもかかわらず、これまで森内さんと徳島大空襲の関係が正面から論じられることはなかった。

たとえば文芸評論家の奥野健男は、デビュー作「幼き者は驢馬に乗って」について〈こういう作品があればこそ、ぼくは文学、小説の世界に夢中になったのだという久しぶりの感動を覚えた〉（『素顔の作家たち――現代作家１３２人』）と書き、「骨川に行く」が芥川賞を逃したときも〈日本の文壇に絶望を感じた〉（『同』）と言うほど、森内文学の良き理解者だったが、その奥野でさえ第一回泉鏡花賞受賞作『翔ぶ影』の文庫解説の中で、森内さんの空襲体験には全く触れていない。そのとき既に「眉山」は発表されていたし、奥野が絶賛した「幼き者は驢馬に乗って」や、『翔ぶ影』に収められた「春の往復」には徳島大空襲が登場するにもかかわらず――。

それと同様に、瀬戸内さんの人生と文学が、北京での敗戦や徳島大空襲との関係をテーマに論じられたことも、私は寡聞にして知らない。

それにしても、このような本を出すことになるとは、つい一年ほど前までは思ってもみなかった。出版を勧めてくれたのは、共同通信社編集委員で文芸記者の小山鉄郎さんである。小山さんは、私が三十九歳のとき、同社文化部に出向して以来の飲み友達で、二つ年上のこの人からもたくさんのことを教わった。

その小山さん、そして本書を丹念に作ってくださった論創社の編集者、松永裕衣子さんにも心からお礼を申し上げる。

本書を書き進めながら、戦争くらい理不尽で罪深いものはないと、あらためて痛感させられた。

それは人の命を強大な力で奪い、人の一生を情け容赦なく狂わせてしまう。

戦後七十五年がたち、戦争体験の風化が懸念されているが、幸いにも、森内さんや瀬戸内さんのように、多くの作家が自らの戦争体験を骨身を削るように書きつづった小説がたくさん残されている。たとえ戦争体験者が誰一人いなくなったとしても、それらの作品が戦争の語り部としての役割を果たしてくれると信じたい。本書が、わずかでもその一助になれば幸いである。

二〇二〇年六月

著者

森内俊雄（もりうち・としお）　1936年、大阪市生まれ。父は徳島県・藍住町、母は徳島市出身。45年、8歳のとき、3月13日夜の大阪大空襲で家を焼かれ、徳島市に疎開。7月4日未明の徳島大空襲に遭い、母と兄と3人で眉山に逃げ込み、九死に一生を得る。同年、徳島市で敗戦を迎える。翌年、大阪に帰り、小中高校を卒業後、早稲田大学文学部露西亜文学科に入学。大学を出た60年、主婦と生活社に入り、編集記者となる。62年、徳島市生まれの井澤通子と結婚。63年、主婦と生活社から冬樹社に移る。69年、男女間の罪の意識を幻想的な作風で描いた「幼き者は驢馬に乗って」で文学界新人賞を受賞。芥川賞候補にもなり、川端康成に激賞された。71年、東京の豊島教会でカトリックの洗礼を受ける。72年、筆一本の生活になり、73年、徳島大空襲の体験を描いた「眉山」を発表、5度目の芥川賞候補となる。同年、短編集『翔ぶ影』で泉鏡花賞を受賞。91年、抗鬱剤などを乱用して〝壊れかけた器〟となった主人公が、それでも懸命に生きようとする姿を描いた『氷河が来るまでに』で読売文学賞と芸術選奨文部大臣賞を受賞。著書はほかに『骨の火』、『短篇歳時記』、『真名仮名の記』、『梨の花咲く町で』、『道の向こうの道』など。誠実かつ真摯な作風で熱烈なファンを持っている。

瀬戸内寂聴（せとうち・じゃくちょう）　俗名・晴美。1922年、徳島市生まれ。県立徳島高等女学校を経て、40年、東京女子大学国語専攻部に入学。3年生のとき、北京の大学で日本語を教えていた徳島市出身の学者と見合い結婚。大学卒業後、夫と北京に渡り、長女を出産。45年、北京で敗戦を迎え、1年後、一家で徳島市に引き揚げたとき、徳島大空襲により母と祖父が防空壕で焼死していたことを知る。57年、「女子大生・曲愛玲」で新潮社同人雑誌賞、61年、『田村俊子』で田村俊子賞、63年、夫と幼い娘を置いて家を出た主人公と初恋の相手である夫の教え子、そして半同棲状態にあった作家との三角関係を描いた「夏の終り」で女流文学賞を受賞。73年、中尊寺で得度し、翌年、京都・嵯峨野に寂庵を結んだ。出家後も旺盛な作家活動を続け、92年、『花に問え』で谷崎潤一郎賞、96年、『白道』で芸術選奨文部大臣賞を受賞。97年、文化功労者に。98年、『現代語訳　源氏物語』全10巻が完結。2001年、老年を迎えた主人公が思い出の地を訪ね歩く『場所』で野間文芸賞を受賞。06年、文化勲章を受章。11年、『風景』で泉鏡花賞を受賞。著書はほかに、恋と革命に生きた伊藤野枝らを描いた『美は乱調にあり』、『死に支度』、『いのち』など。長年にわたって反戦活動を続け、寂庵での法話も人気を集めている。

今日から見て不適切と思われる表現については、文学的価値と時代背景を考え、原文通りとしました。

引用文のルビに関しては、現在の読者に必要と思われるものに限定し、ない場合は適時加えました。

[著者略歴]
富永正志（とみなが・まさし）
1951年、徳島県生まれ。関西学院大学経済学部卒。74年、徳島新聞社入社。文化部記者、社会部記者、共同通信社文化部（出向）、文化部長、論説委員長などを務め、2013年退職。14年4月から徳島県立文学書道館館長。著書に『希望の在りか——徳島新聞コラム「鳴潮」』（論創社）がある。

空襲にみる作家の原点——森内俊雄と瀬戸内寂聴

2020年8月20日　初版第1刷印刷
2020年8月30日　初版第1刷発行

著　者　富永正志

発行者　森下紀夫

発行所　論創社

東京都千代田区神田神保町2-23　北井ビル
tel. 03（3264）5254　fax. 03（3264）5232
web. http://www.ronso.co.jp/
振替口座　00160-1-155266

装幀／奥定泰之
組版／フレックスアート
印刷・製本／中央精版印刷
ISBN978-4-8460-1970-9